Daniel Oliver
Bachmann

Bergmann, veredelt

Drei Mundart-Hörspiele aus
dem Schwarzwald

AF191800

Daniel Oliver Bachmann

schreibt Romane und Drehbücher. Literaturpreisträger der Akademie Ländlicher Raum und der Biennale dei Giovani Artisti dell' Europa sowie Finalist beim George-Sande-Preis für avantgardistische Literatur und beim Würth-Literaturpreis. Dozent für Drehbuch an der Filmakademie Baden-Württemberg. Sein Thriller "Flammen des Zorns" erschien im Januar 2001 im Scherz-Verlag, wie auch der Roman "Judas 2000" in der Edition Salz & Pfeffer.

Salz & Pfeffer

Zusammen bilden Beate Rygiert und Daniel Oliver Bachmann das Autorenduo Salz & Pfeffer.

Unter diesem Namen schreiben sie gemeinsame Spielfilm-Drehbücher und gestalten Lesungen und literarische Performances in Zusammenarbeit mit anderen Künstlern.

Bergmann, veredelt

Drei Mundart-Hörspiele von
Daniel Oliver Bachmann

Edition Salz & Pfeffer

Edition Salz & Pfeffer
Eduard-Pfeiffer-Straße 10 • 70192 Stuttgart
Tel. 0711/2262309 • Fax 0711/2262325
www.salzundpfeffer.de

ISBN 3-8311-4313-7

Inhaltsverzeichnis

Vorwort

Alles ist bekanntlich im Fluss. Kommt etwas Neues in die Welt, wird sogleich der Abgesang auf das Alte angestimmt. So liegt man ein ums andere Mal daneben, wie so oft im Leben. Und lernt wenig nur hinzu. Nein, das Fernsehen hat das Kino nicht abgeschafft, und das Radio ebenso wenig. Auch das Buch gibt es nach wie vor und wird es trotz Internet immer geben. Will einem angesichts der Flut an Reizen fürs Auge und Ohr Hören und Sehen vergehen, so lernen wir doch auch, damit umzugehen, uns zu verweigern, abzuschalten, unsere Ruheinseln zu finden, Ausgleich zu schaffen. Kein Wunder, entdecken viele das intensive Zuhören wieder völlig neu. In Cafés wird Proust gelesen oder man hört eine ganze Nacht lang Hörspiele. Und allenthalben melden Hörbuchverlage neue Erfolgszahlen. Weil man mit dem Walkman nicht nur Musik, sondern auch einer Geschichte lauschen kann, und ebenso beim Autofahren vielen das Wort mehr Wachsein abverlangt, als die ewig gleiche Dudelmusik aus dem Klassik- oder Popkanal. So registriert auch der Hörspielredakteur mit Genugtuung und Freude, dass weder Kino noch Fernsehsoap dem guten alten Hörspiel etwas anhaben können. Es sei denn der Verzicht auf die Ausschließlichkeit. Grad recht: wer sich heute fürs Hörspiel-Hören entscheidet, trifft im Normalfall eine bewusste Entscheidung, eine der aufgeklärten Zeit angemessene Haltung.

Ich kenne Hörspielhörer, die nebenher Auto fahren, andere, die bügeln, wieder andere, die samstagabends um 9 Uhr das Licht ausschalten und sich völlig entspannt auf den Bodenteppich legen, alle Viere von sich gestreckt. Jahrelang lauschten Kneipengäste in der Tübinger Kultkneipe Boulanger bei Bier, Tee oder Wein den vom Südwestrundfunk angebotenen Hörspielproduktionen. Die von Daniel Oliver

Bachmann waren alle dabei. Und alle mit großem Erfolg.

Seit ein paar Jahren schreibt Daniel Oliver Bachmann für die Tübinger SWR Hörspielredaktion seine Stücke. Und trifft dabei stets einen neuen Ton, einen unerwarteten Umgang mit Geschichte und Gegenwart dieses Landes und dessen Menschen. Seine Charaktere machen neugierig, und willig folgt man ihnen in ihre Geschichten hinein, landet in längst vergessenen Bergwerken und auf Flößen, die in halsbrecherischer Fahrt durch wilde Gewässer stürzen. Lacht Tränen über baden-württembergische Hahnenkämpfe, fiebert mit beim Aufstieg und Fall einer Schwarzwälder Familiendynastie.

Mit viel Sprachgefühl, Witz und Humor, treffsicherer und geistreicher Dialogführung gelingen Daniel Oliver Bachmann gute Geschichten im besten Sinne. Somit bieten sie, neben der Hörspielfassung, auch dem Leser ein lohnendes Lesevergnügen, bei dem sich ganz ohne Zweifel Klänge und Bilder im Kopf einstellen werden.

Dr. Thomas Vogel

Dr. Thomas Vogel, stellvertretender Studioleiter und Leiter der Redaktion Kultur am SWR-Studio in Tübingen. Lehrbeauftragter für kreatives Schreiben am Seminar für Allgemeine Rhetorik der Universität Tübingen. Autor und Herausgeber zahlreicher Bücher, Essays, Hörspiele und Kurzgeschichten. Sein jüngster Roman „Die letzte Geschichte des Miguel Torres da Silva" erschien im Verlag Klöpfer & Meyer.

Vorwort

Zum Schreiben von Mundarthörspielen kam ich wie die Jungfrau zum Kind. Es geschah im Stuttgarter Wilhelmspalais, im Frühjahr 1999, während der Verleihung des Literaturpreises Ländlicher Raum für meine Erzählung ´Bergmann, veredelt`. Die anschließende Lesung war kaum beendet, als ein Mann auf mich zutrat und vorschlug, aus der Geschichte könnte ich doch ein Mundart-Hörspiel machen. Spielend. Lässig. Ich lehnte dankend ab. Ein Hörspiel zu machen, und das auch noch auf Schwäbisch – ich hatte keine Ahnung, wie das funktionieren sollte. Doch der Mann – es war Dr. Thomas Vogel vom SWR – ließ nicht locker. Und so nach und nach stellten sich bei mir Erinnerungen ein: Hörspiele, da war doch mal was? Als kleiner Junge, anstatt zu schlafen, heimlich unter der Decke mit angehaltenem Atem dem gelauscht, was da mit viel atmosphärischen Störungen aus dem Miniradio kam: Krimis, fantastische Geschichten, spannende Erzählungen. Hörspiele haben damals meine Fantasie entscheidend beeinflusst – und von der lebe ich heute. Vielleicht wäre es also eine gute Idee, sich am Hörspiel zu versuchen? Blieb die Sache mit der Mundart. Ich bin in Schramberg im Schwarzwald aufgewachsen. Schwäbisches Grenzland, das Herzogtum Baden direkt vor der Haustür. Und obendrein war die Gegend fast 250 Jahre österreichisch. Die Sprache ein munteres Kauderwelsch verschiedener Dialekte, ein Schrecken für unsere Lehrer, die sich mühten, ihn uns auszutreiben. Und später, auf meinen Reisen rund um den Globus, gehörte Schwäbisch auch nicht ins Notfallgepäck. Wir sind schließlich nicht aus Bayern. Also: Weshalb in Mundart schreiben? Die Antwort kam – beim Schreiben. Erinnerungen, kurze Szenen der Kindheit, immer wieder das Aha-Erlebnis: Genau – so han I gschwätzt. Domols. Als mer´s no dürfa hot. Dazu die Erkenntnis: Auf Schwäbisch lässt sich vieles prägnant ausdrücken. Wenn Sie

sich über etwas freuen: „Ha, des isch mir a gmähts Wiesle."
Wenn Sie sich über jemand ärgern – gibt´s ein schöneres
Schimpfwort als „Du Kuttabrunzer!"? Wie gesagt: Mit
Schwäbisch bringt man die Dinge auf den Punkt. Spielend.
Lässig. Es gibt Berufstände, denen man diesen Dialekt zur
Pflicht machen müsste.

Und so entstand Hörspiel um Hörspiel. ´Bergmann, veredelt`
und die Reihe ´Der Schwarzwald-Ranger`. ´Der Gockel`, ein
badisch-schwäbischer Hähnekrieg. Und die ´Nippenheims I +
II`, eine Familiengeschichte aus der Gründerzeit der deut-
schen Großindustrie. Drei dieser Hörspiele finden Sie in diesem Buch. Haben Sie viel Freude beim Lesen (und Hören)
und entdecken Sie selbst: Schwäbische Mundart ist alles
andere als tot. Denn solang mr sengt, isch d´ Kirch net aus.

Daniel Oliver Bachmann

Bergmann, veredelt

Ein Hörspiel aus dem Schwarzwald
von
Daniel Oliver Bachmann

„Das ist der Herr der Erde, wer ihre Tiefen mißt,
und jeglicher Beschwerde in ihrem Schoß vergißt."

BERGMANN, veredelt

Hörspiel von Daniel Oliver Bachmann

Bergmann, veredelt

Uraufführung: 04.11.2000

Der Ahne	*Gerhard Kuhn*
Peter	*Berthold Biesinger*
Afra	*Dietlinde Elsässer*
Der Alte	*Oscar Müller*
Ursel Boltmann	*Eva Michel*
Hieronymus Boltmann	*Jörg Adae*
Klotz	*Stefan Feddersen-Clausen*
Aichele	*Hubertus Gertzen*
Ramelow	*Marco Steeger*
Opderbeck	*Reinhard von Stolzmann*
Kleeve	*Rainer Bock*
Jockele	*Markus Gehrlein*
Doktor Wilhelm Seiler	*Boris Burgstaller*
Amtsleiter	*Thomas Vogel*

Buch	*Daniel Oliver Bachmann*
Regie	*Günter Maurer*
Regie-Assistenz	*Uli Höhmann*
Technik	*Matthias Neumann*

Bergmann, veredelt

Dauer: 45 Minuten

1.

Eine GRUPPE NORDDEUTSCHER WANDERER unter der Führung von PETER AICHELE ist auf einer Tour durch den Schwarzwald. Die Wanderer sprechen reines Hochdeutsch. Aichele kommt aus dem Mittleren Schwarzwald und spricht schwäbisch. Wir hören VOGELGEZWITSCHER, KNACKENDE ZWEIGE, HEFTIGES ATMEN, EIN UNTERDRÜCKTER FLUCH.

KLEEVE
Verdammt. Dass wandern so anstrengend ist. Aichele! He, Aichele, wo sind wir?

AICHELE
Mitta im Schwarzwald. Im schöna Wolfstal.

OPDERBECK *(spöttisch)*
Wolfstal. Junge, Junge. Da bekommt man´s ja mit der Angst zu tun. Nicht wahr, Freunde?

Die anderen Wanderer LACHEN. "UND WIE" und "MIR SCHLOTTERN SCHON DIE KNIE"-Rufe.

OPDERBECK
Auf den Schreck einen Schluck aus der Pulle.

Aus einer Flasche wird EINGESCHENKT, Gläser KLINGEN.

OPDERBECK
Zum Wohlsein. Nicht übel ... dieses...

AICHELE
... Zibärtle ...

OPDERBECK

... geht runter wie Wasser.

AICHELE

Obacht! Des isch koi so a lahms Tröpfle wie sälle bei eich an de Oschtsee.

OPDERBECK

Nordsee, Aichele, Nordsee. Und unser Korn kann's mit jedem Zibärtle aufnehmen. Hab ich recht?

Zustimmendes JOHLEN bei den anderen.

KLEEVE *(ängstlich)*

Hand aufs Herz, Aichele, gibt's hier noch Wölfe?

OPDERBECK

Oder Bären? Oder Gespenster?

Großes GELÄCHTER bei den anderen und geisterhafte "HU-HU"-Rufe.

AICHELE

Die Viecher sind nadierlich ausgschtorba. Aber mit 'nem Gschpenscht kann ich scho diena. Wellet Se' s a'gucka?

KLEEVE

Was?

AICHELE

I zeig's Ihnen. Wenn'se de Muat dazu habet...

OPDERBECK *(lacht)*

Das ist im Preis drin? Geführte Wanderung mit Gespenst? Klar, wollen wir's sehen!

Alle lachen. "Her mit dem Geist" und "Auf geht's"- Rufe.

OPDERBECK

Ist es ein Korn- oder ein Zibarten-Gespenst?

GELÄCHTER bei den anderen Wanderern.

AICHELE *(düster)*

Herr Opderbeck. Schpottet Se nit über ebbes, was Se nochher bereuet.

*Wir hören, wie sich die Gruppe in Bewegung setzt. ZWEIGE-
BRECHEN unter ihren Wanderschuhen.*

OPDERBECK *(leise)*

Der Kerl hat sie doch nicht alle.

KLEEVE

Mir ist er unheimlich.

OPDERBECK

Glaubst doch nicht an den Kinderkram?

KLEEVE

Und wenn was dran ist?

OPDERBECK

Mönsch, Kleeve! Alter Schisser!

*Die Wanderer entfernen sich. Wir hören nur noch das
RAUSCHEN DES WALDES. STIMMENGEWIRR kommt näher.
Es sind die Wanderer. Der Wind PFEIFT lauter. SCHWERES
ATMEN, als alle stehen bleiben.*

OPDERBECK

Scheißkalt hier oben. Also, wo ist das Gespenst?

AICHELE

Langsam, langsam. Mir missat des Gschtrüpp wegräuma.

Wir hören, wir ÄSTE WEGGEZOGEN werden. "HAURUCK"-
und "HEBT AN"-Rufe.

KLEEVE
He, da ist was!

OPDERBECK
Eine Höhle!

AICHELE
Des isch kei´ Höhle. Des isch an Schtollenmund.

OPDERBECK
Ein Stollen-was?

AICHELE
Da Ei´gang zu ´am alte´ Bergwerk.

OPDERBECK
Wollen Sie mich auf den Arm nehmen? Ein Bergwerk im
Schwarzwald?

AICHELE
´S isch keine hundertfunfzig Johr her, da hots hier im
Wolfstal dreihundert davo´ gäba.

KLEEVE
Nach was wurde geschürft? Nach Gold?

AICHELE
Silber un´ Eisenerz. Die Bergleit waret fascht älles Baura -
Landwirt´ heißt des bei eich an d´ Oschtsee. Tagsieba hen
se´ ihre Felder bschtellt, nachts hen se´ buddelt. A hartes
Läba, do hoba uff m´ Berg.

OPDERBECK

Mir kommen gleich die Tränen. Das ist doch schlimmstes Seemannsgarn. Glaube Ihnen kein Wort. Bergwerke im Schwarzwald: Ich seh hier nur ein Loch im Felsen.

AICHELE

A Loch mit ´nem Nama. Und mit ´re Gschicht. Des war d´ Stollamund zur Frisch-Auf-Grub´ der Familie Boltmann. Do drinna sin´ Sacha passiert, des kennet Ihr Eich in d´ blühendschta Phantasie net ausdenka. Die Boltmänner waret die härteschte Bergleit auf ´em Schwarzwald. Kommet Se´. Horchet Se´ mol nei. Do kann mo heit no d´ Hammerschläg höra.

Wir hören erst leise, und dann immer lauter werdend, wie SCHWERE HÄMMER AUF STEIN KLOPFEN.

KLEEVE
Das ... das gibt´s doch gar nicht.

Das KLOPFEN ist jetzt richtig laut. Darunter mischen sich KEHLIGE RUFE von Bergleuten, die aus der Grube heraus hallen.

OPDERBECK *(sich selber Mut machend)*
Unsinn. Wenn Sie eine Muschel ans Ohr halten, hören Sie auch das Meer rauschen.

Eine LEISE, FEINE MELODIE schwebt heran. Sie wird auf einem KAMM geblasen.

KLEEVE
Was ... was ist das? Da bläst jemand auf einem Kamm!?

OPDERBECK

Jetzt halt mal die Luft an. Machst uns ja noch ganz verrückt.

AICHELE

Vielleicht hot er jo recht, der Herr Kleeve. Die Gschicht von d´ Boltmanns hot vor zweihundertfuffzig Johr a´gfanga. Do isch d´ Ahne gebora wora. Horchet Se´ nur nei ins Loch. Do kriaget Se´ älles ganz g´nau mit....

2.

Wir hören jetzt deutlich das SCHLAGEN und HÄMMERN von Schlegel und Eisen auf den Fels.

AICHELE

S´war im Johr 1800, als des Unglück passiert isch. D´Ahne war mit d´em Peter, seim Jüngschten, im Schtolla. Älle andera hot sich d´ Berg scho g´holt.

Über das Schlagen und Hämmern hinweg hören wir das dumpfe GROLLEN von DONNER.

PETER

Vadder, hörsch´s? A Gwitter zieht auf. Besser mir gen naus.

AHNE

Bisch narrisch Bua? Do wird gschafft und ´s Eisen g´schlaga.

DONNER folgt auf DONNER. Plötzlich das RAUSCHEN VON WASSER. Ein gellender SCHREI.

PETER

Vadder! Wasser! Von allna Seita!

Das Wasser TOST heran. Peters Schreie werden ERSTICKT.

AHNE

Peter! Peter! Mein Bua!

AICHELE

Aba sein Peter isch jämmerlich ersoffa, grad so wie viele andre Bergleit. Und d´ Heinrich und s´ Xaverle sin´ vobrennt, als ihr Öllamp´ umkeit isch. Au des isch heifig passiert. Fascht wär´ die Boltmannsche Linie also scho in d´ erschte Generation ausgschtorba. D´ Ahne hot zum Glieack a Tochter g´het, die hot s´ Hannerle g´heißa. Un´ s´ Hannerle hot´ d´ Nama b´halta un´ an Sohn gebora, eisahart von d´ Zeha bis zu d´ Hoorspitza. Zu hart fürs arm´ Hannerle, er hot se praktisch verrissen bei d´ Geburt, d´ Hebamm´ hot glei d´ Pfarrer g´holt.

Wir hören GLOCKENGELÄUT und das MURMELN der Trauergemeinde. Darüber die Stimme eines Pfarrers:
ASCHE ZU ASCHE...

AICHELE

So will´s unser Herrgott. Ei´ Läba gebe, eins nehma. Un´ d´ Bua isch an echta Bergma´ wora. Hansjakob hätt´ er g´heißa. Scho mit acht betet er zur Heiligen Barbara un´ fährt ei´. War morgens d´ Erschd, un´ obends d´ Letscht. Verträgt koi Tageslicht, findet auch schpäter sei Frau nur im Dunkla, des allerdings zielsicher, macht ´rer acht Kinder. Dann isch d´ erscht Weltkriag komma, un´ sie hen ´en ausem Schtolla zoga, in an Waffarock g´schteckt un´ nach Verdun g´schickt. Dort isch er g´lega, reg´los, in am fünf Meter tiefa Loch.

Wir hören KRIEGSGESCHREI und das DONNERN DER KANONEN. Drei Soldaten flüstern erregt miteinander, einer davon der Ahne.

SOLDAT 1

Was haben die vor, die Froschfresser?

SOLDAT 2

Acht Wochen in diesem Loch. Ich dreh bald durch!

SOLDAT 1

Und der Schwabe raucht seelenruhig seine Pfeife!

HANSJAKOB

Isch doch a g´miatlichs Plätzle. Höret uff mich: Ruhig bleiba isch die beschd´ Devise.

SOLDAT 2

Ich halt´s nicht mehr aus. Ich hau´ ab.

Wir hören, wie er aus dem Schützengraben KLETTERT.

SOLDAT 1

Spinnst Du? Bleib da!

Ein SCHUSS PEITSCHT, ein ERSTICKTER AUFSCHREI des Soldaten 2, EIN DUMPFER FALL.

SOLDAT 1

Die hab´n ihn erwischt!

HANSJAKOB

I hab´s g´sagt. Obacht gäba, länger läba.

Wir hören plötzlich das SCHARFE PFEIFFEN von Granaten, die über sie hinwegfliegen. Von weit entfernt EXPLOSIONEN. Plötzlich ein lauter Schrei:

SOLDAT 1

Gasangriff! Gas!

Hansjakob und der Soldat HUSTEN sich die Seelen aus dem Leib. Dann wird es still. Nur noch das HEULEN der Granaten ist zu hören.

AICHELE

Jo, liabe Leit. S´ Obacht gäba hot ´em Hansjakok nix g´nützt. S´waret die Deitscha sälber, die mit ´em Senfgas gschossa hen. Aba d´ Wind hot dräht, un´ so hen se´ die aigena Leit umbrocht. 40.000 Dode oba am Hartmannsweilerkopf, 30.000 Dode am Lingekopf, driaber im Kleintal, fufzig Kilometer von do wo mir schtehn. Un´ was hen se´ g´macht? Dräck drüba g´schmissa un´ d´ A´ghöriga dahoim vo´zehlt, sie sen vermisst. D´ Afra, am Hansjakob seira Frau, hot ´s Amt a Entschädigung zahlt, und dazu a kloine Rent´ aus der Bergmannskass´. Noch am Kriag heisst´s plötzlich, des war doppelt g´moppelt, und sie muss z´rückzahla. Do hen se d´Rechnung aber mit d´ Falscha g´macht. D´ Afra nimmt ihre acht Kinder, lauft noch Wolfe na, hockt sich vor ´d Amtsschtub und ... isch ei´fach hocka blieaba.

Wir hören LAUTES GEPLÄRRE von Kindern. Die Tür zum Büro des Amtsleiters öffnet sich quietschend. Darüber seine Stimme.

AMTSLEITER

Sie nehmen jetzt auf der Stelle Ihre Bälger und verschwinden. Sonst werde ich...

AFRA BOLTMANN

... werda Se´ was?

AMTSLEITER

... Sie verhaften lassen!

AFRA BOLTMANN

Mir doch wurscht. Ich hob koi Angscht.

Der Amtleister SCHLÄGT wütend die Tür hinter sich zu.

AICHELE

Noch vier Tag´ war der Amtsleita mürber als a alt´s Bredle.

Das KINDERGEPLÄRRE ist noch lauter als vorher.

AMTSLEITER

Liebe, sehr verehrte Frau Boltmann, ich bitte Sie...

AFRA BOLTMANN

... so? Bin ganz Ohr.

AMTSLEITER

Also gut. Sie haben gewonnen. Behalten Sie das Geld. In Gottes- und in Dreiteufelsnamen, aber machen Sie, dass Sie hier wegkommen.

AFRA BOLTMANN

Warum nit glei so, Herr Amtsleiter? Kinder: Mir gen hoim.

Wir hören enttäuschtes OHH!!!, SCHO´??? und MUATTA, NO A BISSLE von den Kindern.

AICHELE

Und so isch d´ Afra Boltmann s´ Wolfstal nuff zoga, ihres Siegs g´wiß. Ihra Söhn hot se´ d´ Bergmannsberuf vobota. Ihr Äldeschter isch Bäcka wora, kriagt a Mehlallergie, schualt um un´ wird Chef von d´ Schtrandaufsicht im Oschtseebad Usedom. War bald d´ Liebling von d´ Dama, noch a paar Johr quält ihn a hartnäckige Syphillis. Als er´s nimme aushält, vo´schiasst er sich uff seim Aussichtsturm.

Wir hören einen SCHUSS. Dann das dumpfe AUFPRALLEN EINES KÖRPERS und der ERSCHRECKTE AUFSCHREI EINER FRAU.

AICHELE

Vor d´ Fiaß von ´rer aschthmakranka Schwäbin ischer keit.
In ihre´na Auga hot er an letschte Schimmer von ´d Heimat
g´seha.

*Wir hören leise, und immer lauter werdend, das RAUSCHEN
DES MEERES. Möwen KREISCHEN. Darüber SÜDSEEMUSIK.*

AICHELE

D´ Zweitältescht wird Seefahrer. Bereist die ganz Welt, und
briangt d´ Afra exotische Gschenke mit. Uff Papua Neugu-
ninea wara, als d´ Zweit Weltkriag ausbrocha isch. Hot´s vorzoga, glei´ dort zu bleiba. Heiratet a Eingeborene un´ macht
mit ´rer an ganza Stamm. Selbscht im Alta kann´ er´s nit
lassa, ziaht sei Frau imma wieda leidaschaftlich uffs Lager.
Übersiaht eines Tags die Grian Schpinn. Die beisst ´en zwei
Mol, d´ Tod hot ´en in d´ Arm seira Frau g´funda. D´ Sitta
nach hen se sei Leich´ in an Kochtopf gschteckt und a
Feschtmahl aus ´em g´macht.

Wir hören das Prasseln eines Feuers und lautes Schmatzen.

AICHELE

Er hot ´n fetta Broda geba. Un sälle alt Kart vom Schwarzwald über seim Bett hen se´ am selba Tag no´ abg´hängt.

*Jetzt hören wir wieder das SCHLAGEN von Schlegel und
Eisen auf Stein.*

AICHELE

Am Jüngschta aba wars wällaweg wurscht, was Muatta sait.
Nimmt Schlegel und Eisa un´ fährt ´na in d´ schwarz´ Tieaf.
Jahrzehnt um Jahrzehnt, un´ irgendwann hot ma nur no
d´Alt zu ´am g´sait.

3

Es herrscht atemlose Stille. Die Vögel ZWITSCHERN, die Bäume RAUSCHEN.

KLEEVE *(sehr beeindruckt)*

Wow. Was für eine Familie. Was für eine Geschichte. Unglaublich.

OPDERBECK

Meine Rede. Unglaublich. Aichele, Sie Aufschneider. Das ist die größte Lügengeschichte seit Baron Münchhausen. Kein Wort glauben wir Ihnen.

KLEEVE

Also ich schon, ich...

OPDERBECK

Kleeve! Dir hat wohl der Wind den Verstand weggepustet?

KLEEVE *(aggressiv)*

Und das hier? Ist das auch der Wind?

Wir hören wieder die FEINE MELODIE VOM KAMM. Opderbecks Stimme klingt nun gar nicht mehr so selbstsicher.

OPDERBECK

Mach´ mich nicht verrückt! Verdammter Schwarzwald!

Die Melodie wird lauter und lauter.

AICHELE *(unheimlich)*

Des isch d´ Alte Boltmann. Er hot uff ´em Kamm blosa - un´ er hot g´sunga do unta. Horchet nur nei ins Loch, do kennat ´ern höra.

Wir hören HALLEND die dunkle Stimme eines Mannes,
der SINGT.

DER ALTE *(singt)*

Das ist der Herr der Erde, wer ihre Tiefen mißt, und jeglicher Beschwerde in ihrem Schoß vergißt.

KLEEVE *(erschrocken)*

Der alte Boltmann!

AICHELE

D´ Herr sei ihm gnädig. Nix hot d´ arm Ma´ von seim Schicksal g´wußt. Domols, sin´ d´Gschäft schlecht ganga. Im Johr 1930 hot er grad sei Ursel g´heirotet, als die großa Gruba Klara und Friderich Chrischtian im Wildschappachtal hen schliaßa missa. Schwere Zeita sin´ mo wieada uf die Boltmanns zukomma. Schwere, schwere Zeita.

4.

Eine Türe ÖFFNET SICH KNARREND. Ein Mann tritt mit
schweren Schritten herein, läßt sich auf einen Stuhl fallen.
Er GIESST sich einen Krug Most ein.

URSEL BOLTMANN

Hosch was g´funda?

DER ALTE

Nix un´ wieda nix. Koi Erz seit Wocha. I´ schlag uff Granit, schaff´ koine fünf Zentimeter in vierzehn Schtunda.

URSEL BOLTMANN

Laß uns abhaua. Des isch kei Gegend nit.

Der Alte Boltmann leert den Krug GLUCKERND und schlägt ihn KRACHEND auf den Tisch.

DER ALTE

Abhaua, Ursel? Niemols!

AICHELE

Abhaua - säll Wort hot an echta Bergma nit in Mund g´nomma. D´ Alt blieb schtur. D´Ursel hot g´macht, was a Frau in so ´re vozwickta Situation macht. D´ Leit d´ Wäsch gwascha, von unta in Wolfe bis nuff nach Bad Rippoldsau und Fraidenstadt. D´Alt isch dahoim uff ´ em Schtuhl g´sässa, hot Fenschterläda zua g´macht, koin Finga mehr g´rührt.

Ursel rührt in einer Waschschüssel. Wir hören das PLÄTSCHERN VON WASSER.

URSEL BOLTMANN

Will´sch denn nimme graba?

DER ALTE

Zum Graba brauch´d mo heit´z´tag Maschina. Für Maschina brauch´d mo Geld. Mir hen koi Geld, also hen mer koine Maschina, also kann ich au nit graba.

URSEL BOLTMANN

Vom rumhocka kommt mo au zu nix.

AICHELE

Aba d´ alt Boltmann hot d´ Muat vo´lora. Schlegel un´ Eisa, domit hot er sich auskennt. Maschine wared ´em suschpekt. Un´ so isch sei Ursel immer weniger hoimkomma. S´war um 1937, oba in Fraidenstadt gab´s wieder jede Menge Offiziersleit, die hen noch Frankreich num g´schielt. Denen macht se´ d´ Haushalt, un´ weil se´ a schene Frau war un´ nit gar so knochig wia dia feina Dama von sällena Offizier, v´diant se´ nebenbei so manche Mark dazua. Am Tag d´ Reichstags-wahl wars soweit. Uffem Rothaus in Wolfe legt die Ursel a dicks Biendel Geld uff d´ Tisch, unterschreibt a Urkund´, und kehrt als frischbackene Besitzerin von d´Frisch-Auf-Grub zum Alt´ z´rück.

Die Türe ÖFFNET SICH KNARREND. Ursel Boltmann tritt mit leichten Schritten herein.

URSEL BOLTMANN

Maa! Wo bisch? I hab Neuigkeita.

Wir hören ein ERSTICKTES KRÄCHZEN.

URSEL BOLTMANN

Um Jesses-Himmels-Willa! Maa! Was machsch´n an d´Decke?

AICHELE

In seira Not hot er sich uffg´hängt, aber sich dann doch nit traut. So isch er von d´Deck´ ra´baumelt un´ het sich am Seil feschtklammert. D´Ursel überlegt, was se´ mit ´em macha soll. D´ Söhn waret älle no z´jung, sie braucht d´Alt.

URSEL BOLTMANN *(schreit)*

Hieronymus! Hie-ron-ymus! Wo schtecksch? Hols groß´ Küchamessa, mir missat d´Vata ra´schneida. Schlof´ nit ei, gib scho´ her!

Wir hören SÄBELGERÄUSCHE, dann PLUMPST der Körper des alten Boltmann auf den Boden.

AICHELE

Sie hen ´en grad liega lassa. Erscht noch zwei Tag treibt ´en d´Hunger aus ´d Kammer. D´Ursel zeigt ´em die Urkund, druckt ´em Schlegel und Eisen in d'Hand. Er weiß nit, ob er am Teifel von d´Schipp g´hoppst isch oda ganz in seira Klaua war. Sei Bett findet er underm Dach wieda, so kommt er zum Alkohol. Kurz druff isch d´ Zweite Weltkriag losganga.

Wir hören das Donnern von Geschützen.

AICHEL

Die meischden Männer ausem Wolfstal sin´ an d´ Front gsi, und seine Kinder hen nimmer mit ´em geschwätzt. Ganz allei ischer im Berg. Nur des Singa tröschted ihn. Des Seil hot sein Kehlkopf vo´letzt, so war a Taimbre in seira Schtimm, do isches Erz von allei aus d´ Wand g´hoppst.

DER ALTE *(singt)*

Es ist der Mann vom Leder fürwahr ein wichtiger Mann. Die lumpge Schreibefeder ein jeder führen kann.

AICHELE

´S Erz von d´ Boltmanns war begehrt wie nia. S´ härtescht von d´ Welt - a Erz rein wie a Jungfrau. D´ Ursel holt Bergleit, die bohret durch die Häng wie durch´n Schweizer Käs. Aber schpäter gibt´s keine Bergleit mehr.

Wir hören Stiefelgetrampel. Eine zackige Stimme schreit:
KOMPANIEEEE - HALT!

AICHELE

D´ SS kommt un´ bringt Polen. Direkt aus ´em Warschauer Ghetto. S´heisst, s´isch wurscht, wenn älle abkratzet. Aber d´ Ursel schlachtet glei dia fettescht Sau un´ kocht eimerweis Hühnersupp. G´nützt hot s´wenig, die meischten waret z´ schwach, um d´ Leffel zu heba. An großa Kerl isch ra uffgfalla, der bsonders triab guckt.

URSEL BOLTMANN

Sie. Jo, Sie. Saget ´se mol, wie isch ihr Näma?

KLOTZ *(stockend / mit polnischem Dialekt)*
Rosenbaum, gnä Frau. Aber will mich nicht erinnern.
Nicht an den Namen, nicht an die Frau und nicht an die
drei Kinder, die ihn trugen.

URSEL BOLTMANN
Hano. Un´ warum nit?

KLOTZ
Frau und Kinder sind tot. Ich habe überlebt, aber gestorben
bin ich jeden Tag.

URSEL BOLTMANN
Maria hilf! Des tuat mo leid.

KLOTZ *(zögernd)*
Bitte - geben Sie mir einen neuen Namen?

URSEL BOLTMANN
Hano. Wia solle säll au macha?

KLOTZ
Ich bitte Sie.

URSEL BOLTMANN
Also guat. Dann sollet Se´ Klotz heißa. Sie sind jo an
schtattlicha Ma. S´ wär recht, wenn Se´ awengele uff mein
Ältescht´ uffpassa. D´ Hieronymus wächst mo üba d´ Kopf.

AICHELE
Kurz druff wars lällebebbel mit ´m tausendjährige Reich.
Erz hot mo koins mehr braucht, d´ Schtahlwerk waret älle
kaputt g´schossa. Englische Flugzeig kommet über´n
Schwarzwald, bombardiert Fraidenstadt im Norda und
Schramberg im Süda. Do versammelt d´ Ursel älle um sich.

Wir hören aufgeregtes MURMELN.

URSEL BOLTMANN

Ma weiß nit, was passiert. S´isch besser, ihr machet eich davo, solangs no ghot. Kimmret eich nit um uns. Do henner an Extralohn und s´ Essa wird redlich tailt. D´ liabe Gott schteh uns ällne bei.

Wir hören, wie die Bergleute DAVONRENNEN.

KLOTZ

Gnä Frau. Kann ich nicht bleiben?

URSEL BOLTMANN

I hab me nit z´ fraga traut. S´isch mo scho´ recht. An schtarka Mo im Haus kann nit schade. Wisset Se´ was? Jetzt mache ma z´ällererscht d´ Schtollenmund zua.

KLOTZ

Und dann?

URSEL BOLTMANN

Dann dem ma warte. Gucka´, was passiert.

5.

Stille. Vögel ZWITSCHERN, Bäume RAUSCHEN. Kleeve, der den Atem angehalten hat, ATMET HÖRBAR AUS.

KLEEVE *(kleinlaut)*

Aichele. Ich glaube, ich muss Sie um Verzeihung bitten. Wegen vorhin.

AICHELE

Sie hens halt nit besser g´wußt. Nemma mo no a Schlückle.

Wir hören das EINSCHENKEN, das KLIRREN der Gläser.

OPDERBECK *(zögerlich)*

Ich weiß nicht ... aber wenn´s die Ursel Boltmann wirklich gab ... dann Hut ab vor dieser tapferen Frau. Prost!

Sie stoßen zusammen, trinken. "AUF DIE FRAUEN"- Rufe.

KLEEVE

Was wurde aus ihr? Lebt sie noch?

AICHELE

D´Schlag hot se´ droffa. Sie hot d´ Schock nit weggschteckt. Wäga dem Erdbeba.

KLEEVE

Erdbeben? Aichele, um Himmels Willen...

AICHELE

D´ Kriag isch jo rum gsi. Aber eines Nachts, s´war so um 1950, macht d´Alt d´ Schtollamund wiader uff. A weng graba, sait´er, nur so zum Schpaß. Was er rauskarrt ausem Berg, verkauft d´ Ursel ins Rheinland un´ noch Schtuget. Glangt hot´s hinta und vorna nit, aba sie waret älleweil z´frieda. Nur d´ Hieronymus nit. Älle Briader un´ Schwestra sin´ ausem Haus, er isch blieba un´ hot Erz g´schürft. Aber er het Angscht ket in d´ dunkla Löcher. Heifig ischer ausem Schtollenmund g´hoppst wie n´ Gischpel. Hieronymus Boltmann war halt koin Herr der Erde.

OPDERBECK

Kann ich ihm nicht verdenken. Mir würde es auch gruseln, da unten.

KLEEVE *(sarkastisch)*

So? Das ist ja interessant.

OPDERBECK

Spiel dich nur nicht auf, Kleeve. Dir würde auch der Arsch
auf Grundeis gehen.

AICHELE

Leit, Leit. Machet kei Kugelfuhr. Mir dädet älle nit do unta
schaffa wella. Aba eins isch klar: Hätts die Bergleit uffem
Schwarzwald nit gäba, hätts düschter ausg´seha im Land.

OPDERBECK *(anbiedernd)*

Da hörst du´s, Kleeve. Lass den Herrn Aichele weiter-
erzählen.

AICHELE

S´ war im Sommer ´89. D´ Hieronymus hot´s Ohr am Radio
kläba. Was do los war in d´ deutscha Botschafte in Prag und
Budapescht interessiert ´en brennend.

*Wir hören die HISTORISCHEN WORTE VON HANS-DIETRICH
GENSCHER aus der Deutschen Botschaft in Prag.*

GENSCHER

Ich trete vor Sie, um Ihnen zu sagen, dass Sie noch heute
ausreisen können.

Wir hören den lauten JUBEL der Menschen.

AICHELE

Au d´ Hieronymus jubelt. Er war d´ Erschd nach dem Fall der
Mauer, der sei Glück im Oschda sucht. Des isch mei Chance,
hoter sich g´seit. Drei Johr isch er weg. Und eines Dags
kommt er zrück, hoppst nei in ´d Bergmanns-Kluft un´ fährt
ei. Vo´zählt koi Wort von d´ arme Leit im ganza Oschda,
dena er s´Geld aus d´ Dasch´ zoga hot. Un´ au koi oinzigs
Wort über sälle jung´ Frau mit dena Zwilling driaba in
Leipzig, die Boltmannsches Bluat in d´Odra hen. Bis zum

Dag vom Erdbeba hot er sich nimme ausem Schtolla draut. Aber danoch isch für ihn älles anders wora. Horchet nei ins Loch. Dann könnet er's höre!

6.

Hieronymus, Ursel Boltmann und Klotz sitzen am Mittags-tisch. GESCHIRR klappert.

HIERONYMUS
Muatter, gib mer 'n Teller Supp'.

URSEL BOLTMANN
Bitte, heißt des.

HIERONYMUS
Gib mer 'n Teller Bitte. Heilandzack, ihr Dellebebbel, do hina vo'schtickt mo jo.

Schweigen. Alle LÖFFELN ihre Suppe.

HIERONYMUS
Klotz, wo isch d'Alt?

KLOTZ
Im Stollen. Hat eine Verwerfung entdeckt. Bestes Erz.

HIERONYMUS
D' alt Wuhler. I sag, do kommt nix raus.

Plötzlich fangen die GLÄSER und das GESCHIRR an zu klirren.

URSEL BOLTMANN
Um d' Herrgotts Willen. Was isch des?

KLOTZ

Ein Erdbeben!

Das Beben wird stärker. Irgendwo fällt etwas mit LAUTEM KRACHEN ein.

URSEL BOLTMANN

D´ Schtolla! Mei´ Ma! Maria seiem gnädig!

Stühle fallen um, als alle nach draußen rennen.

AICHELE

Aber ´s war z´ schpät. D´ Schtolla ei´gschtürzt, d´ Alt dahinter oder drunter. An dem Obad hen sich die Männer von Neubürg früa im "Schpunda" droffa, dera alta Bergmanns-Baiz, a rächte Seckebeerleswirtschaft. Sie hen wellawäg älle nit schlecht glotzt, als d´ Hieronymus rei´kommt.

Wir hören die typischen Geräusche einer GASTSTUBE. Schritte nähern sich.

JOCKELE

Jetzt guck do no. Wenn des nit Hieronymus Boltmann isch.

SPUNTEN-WIRT

Hot de´ des Erdbäba durchanand´ g´schüttelt?

JOCKELE

Des war a Kernkraftwerk, wo explodiert isch!

SPUNTEN-WIRT

Bei dir isch au was explodiert, du Hamballe.
D´Zollernalpgraba isch Schuld.

HIERONYMUS *(feierlich)*

Männer! I muss eich was sage: D´ Alt hot´s vowischt.

Plötzlich wird es MUCKSMÄUSCHENSTILL. Ein Klirren eines LÖFFELS, der dem Jockele aus der Hand fällt.

JOCKELE
Um Himmels-Jesus-Mareies-Willa! Was isch passiert?

HIERONYMUS
D´ Schtolla isch ei´kracht.

JOCKELE
Jo ka´ mo denn nix macha?

AICHELE
Do hot er lang, lang überlegt, d´ Hieronymus. Doch dann hot er g´seit:

HIERONYMUS
Wenn ihr meinat: Probiera mos.

SPUNTEN-WIRT
Auf was wartet ihr Schlorpfa? Holet Schaufla und Pickel!

Wir hören, wie sie alle AUFSTEHEN und LOSHASTEN. SCHRITTE NÄHERN sich, hallen, als die MÄNNER DEN STOLLENMUND betreten.

SPUNTEN-WIRT
In d´ Händ´ g´schpuckt, un´ los.

Sie schlagen auf den Fels ein. HEFTIGES KLINGEN, wie Metall auf Metall. Wir hören das ÄCHZEN DER MÄNNER, dann LASSEN SIE DIE PICKEL FALLEN.

SPUNTEN-WIRT
U´meglich. So komme mir nit durch. Des isch jo härter als Granit!

JOCKELE

Do muss ma schprenga.

SPUNTEN-WIRT

Jockele, du Bachel. Schprenga legt d´ Dollenbach frei. Do
versauft uns d´ Alt´ wie a Ratt. *(Pause)*
Ich weiß nit, was mo dua kennet. Hieronymus, du ent-
scheidesch´.

Langes Schweigen. Dann:

HIERONYMUS *(düster)*

Holt mo´ d´ Pfarrer.

AICHELE

D´ Hieronymus hätt des älles vorher schon g´wisst. Un´ so
isch d´ Pfarrer komma, hätt älle g´segnet: D´ Schtolla,
d´ Alt, d´ Hieronymus, die Flasch mit ´em Kirschwässerle,
aus dera sie uffs Wohl vom Alte drunka hen. An langa Obend
ischs wora, mit schena G´schichta und vielna Lieader. Vor
ällem am Alt´ sei Lieblingslied hen se immer wieda g´sunga.

ALLE MÄNNER SINGEN *(mehr schlecht als recht)*

Das ist der Herr der Erde, wer ihre Tiefen misst, und jeglicher
Beschwerde in ihrem Schoß vergisst.

JOCKELE *(lallend)*

Ob er uns hera ka? Hinter dem verdammten Felsbrocka?

SPUNTEN-WIRT *(lallend)*

Jockele, du Dralle. Wie kasch so was vorem Hieronymus
saga?

AICHELE

Aba domit war d´ Schtimmung im Eima, un´ so het
d´ Hieronymus b´schtimmt, dass ´es Zeit war, ins Bett

z´ ganga. Der Pfarrer hot no vorgschlaga, a letschtes Gebet zu schwätza, aba älle sin´ uff einmol miad gsi, d´ Heimweg lang, so isch nix me draus wora. Für d´ Hieronymus aber wars an ereignisreiche Dag. Als er im Nescht g´legä isch, hot er pletzlich lache missa. Richtig laut lacha.

Wir hören Hieronymus LACHEN, und es klingt immer hallender und unheimlicher, bis es langsam verschwindet.

7.

Im Wald herrscht Stille. Vögel ZWITSCHERN, Bäume RAUSCHEN. Ganz leise hören wir Hieronymus Boltmanns unheimliches LACHEN.

OPDERBECK
Hört ihrs? Dieser Mensch lacht noch immer.

KLEEVE
Unheimlich ist´s hier. Gib mir die Flasche!

Wir hören wieder Gläser KLIRREN.

OPDERBECK *(fröstelnd)*
Unheimlich und kalt. Eiskalt.

AICHELE
Was glaubet Se, wie kalt´s dem Alta im Schtolla war? Saukalt, in pechschwarzer Nacht.

OPDERBECK
Und sein Sohn? Hat der nichts mehr unternommen?

AICHELE
D´ Hieronymus? A halbs Johr hot er ins Land zieaha lassa.

Dann isch er wieder in Schtollenmund. Er hot jo g´wisst, an eira Schtell isch d´ Granit nur ´n Meter dick. Duad als ob, un´ holt d´ Jockele und d´ Schpuntawirt. S´ dauert nit lang, un sie hen d´ Alte rausg´holt. Und des war d´ Augenblick, wo Ursel d´ Schlag droffa hätt...

8.

Wir hören vereinzelte PICKELSCHLÄGE. Dann sind die Männer durch. "WIR SIND DURCH" und "GESCHAFFT!" -Schreie. Ihre Schritte HALLEN im Stollen. Plötzlich aufgeregtes Rufen: "DO HANNE - DO HANNE LIEAGT WAS!", "DONDERWETTER" und "ÄLLE Z´SAMMA - HEEEBT-AN." Die hallende Schritte kommen auf uns zu.

KLOTZ *(flüstert)*
Sie bringen ihn jetzt raus, gnä Frau.

URSEL BOLTMANN *(mit schwacher Stimme)*
Was wohl vonnem iebrig isch? Mein arma Ma!

Die Schritte nähern sich. Dann der SCHRILLE SCHREI von Ursel Boltmann.

URSEL BOLTMANN
Noi!!! Mei Ma! Mei Ma!

Sie RÖCHELT und FÄLLT UM.

KLOTZ
Die gnädige Frau!

HIERONYMUS
Muatter. Mach koin Bledsinn!

URSEL BOLTMANN *(in den letzten Zügen)*
Er isch jo ganz weiß.

HIERONYMUS *(sinnend)*
Hajo. Ganz weiß. So weiß wie ´n... wie ´n...

AICHELE
Schneeweiß war die Leich´ vom Alte. Sei Ursel verkraftet
den Schock nit, glei´ druff macht se´ d´ Ouga für imma zua.
Aba säller Kaib, d´ Hieronymus, kratzt mit ´em Messer von
sällerer weißa Dodahülle ab un´ fährt damit ´d Schtugart na.
An Chemiker hättem dort älles ärklärt.

Wir hören das PIEPSEN ELEKTRONISCHER GERÄTE.

ASSISTENT REDERER *(flüstert)*
Dr. Seiler. Dr. Seiler. Dieser ungewaschene Bauer wartet noch
immer.

DOKTOR WILHELM SEILER
Oh. Den hab ich ja ganz vergessen. Machen Sie mal weiter,
Rederer.

Wir hören seine SCHRITTE, als er das Labor durchquert.

SEILER
Herr Boltmann. Sie wollen also wissen, was Sie da mitge-
bracht haben. Nichts leichter als das: Penicillium candidum.
Ein Schimmelpilz, der in der Käserei verwendet wird. Fördert
die Spaltung von Milchfett. Kennen Sie Roquefort?

HIERONYMUS
Ausem Fernsäh?

SEILER *(mit Nachdruck)*
Der Käse.

HIERONYMUS

Nö.

SEILER

Aber Gorgonzola?

HIERONYMUS

Nö.

SEILER

Wenigstens Camembert?

HIERONYMUS

Kamenbert kenn ich. Essa mir freidags.

SEILER

Sehen Sie. Und darauf ist Schimmel. Genauer gesagt,
Weißschimmel. Und Penicillium candidum ist die dafür
benötigte Schimmelkultur.

HIERONYMUS *(bauernschlau)*

Isch des wertvoll?

SEILER

Ohne Penicillium candidum kein Camembert. Kein Doppel-
schimmelkäse. Kein Gorgonzola. Kein Weißschimmelkäse.
Kein Brie. Kein Altenburger Ziegenkäse. Ist Ihre Frage damit
beantwortet?

HIERONYMUS

Äh - nö.

SEILER *(mit Nachsicht)*

Junger Freund. Die Franzosen züchten Schimmelpilze dieser
edlen Sorte im Labor. Nach streng geheimem Rezept. Top
secret. Schimmel muss absolut rein sein. Dann ist er mehr

wert als eine Goldgrube. Eben wie der Ihrer Probe.

AICHELE

Do hot´s beim Hieronymus g´schnaggelt.

HIERONYMUS

In dem Fall ischer au me´ wert als a Erzgruab!

AICHELE

D´ Rescht war reine Formsach´.

HIERONYMUS

Was passiert mit dem Schimmel?

SEILER

Damit besetzter Käse reift im Keller bei 12 Grad und 95% Luftfeuchtigkeit. Bis er außen einen geschlossenen Weißschimmelrasen zeigt. Dann wird er verkauft. Für gutes Geld. Aber was fragen Sie? Sie müssen das doch wissen. Woher kommt Ihre Probe? Von einem Edelpilzkäse?

HIERONYMUS

Vom´ meim Vadder.

Ein Moment herrscht VERBLÜFFTES SCHWEIGEN.

SEILER

Wie meinen?

AICHELE

Aba d´ Hieronymus hot´s vorzoga, nit näher drauf ei´zuganga. Glei druff hot er sich a Manatscher-Magazin kauft un´ a Franzesisch-Wörderbuach, an neia Anzuag un´ an 190er. In ´rer Druckerei beschtellt er Visitenkarten: Hieronymus Boltmann - Edelschimmel-Zucht. Älles läuft wia am Schnierle. Er hot die Schtolla mit Schimmelkulturen

g´fillt un´ hät se deier noch Frankreich vo´kauft. D´Handels-
kammer von Fraidenstadt feiert ihn als Undernehmer des
Jahres. Fürs Grab von d´ Eltra schtellt ´er a aigene Gärtnerin
ei, un´ druffnuff setzt er a Denkmal, greßer wia d´ Freiheits-
schtatue: D´Alt mit dem Arschleder bis zum Knia, Schlegel
un´ Eisa in d´Hand, Muatter mit Schtrickzeig, obwohl ´ses
Schtricka ällawäg g´hasst hot. Älle G´schwischter sin´ doher-
krocha wia d´Maden ausem Schpeck, älle hen ´se pletzlich
Bergma sei wella. Er zahlt sie aus und jagt se´ zum Teifel.
B´schtellt sich im Katalog a philippinischs Fraule,
a´schmiegsam un´ fleißig, aber die säll isch uff Manila in d´
falsch Flieger g´schtiega un´ nia in Schtugart a´komma. Wie
er nachfragt, isch se´ scho in Göteborg gliecklich vo´hiratet.
Do sieht er, die Gärtnerin isch au kei´ Zuttel. Frogt sie, und
sie seit jo, ma kennt´s mit´nander probiera.
Älles het wellawäg weiterlaufa kenna, wenn nit älles
wellawäg andersch g´laufa wär.

9.

Andächtige Stille im Wald. Vögel ZWITSCHERN, Bäume
RAUSCHEN. Dann atmet Opderbeck tief aus.

OPDERBECK

Aichele. Hätte ich nie gedacht, im Schwarzwald auf so eine
Geschichte zu stoßen. Bin überwältigt.

AICHELE *(plötzlich kurz angebunden)*

Guat. Dann kenner mo jo ganga.

OPDERBECK

Moment, Moment. Die ist doch noch nicht fertig?

KLEEVE

Sie sagten, alles hätte so weitergehen können, wäre nicht alles anders gelaufen.

AICHELE

Des han i nia g´sagt.

OPDERBECK

Und ob. Ich hab´s auch gehört.

AICHELE

A wa, Lällebebbel.

OPDERBECK

Dann hören Sie doch in den Stollen rein!

Aus der Höhle hören wir mit viel Hall und Echo Aicheles STIMME: "Älles het wellawäg weiterlaufa kenna, wenn nit älles wellawäg andersch g´laufa wär."

OPDERBECK *(obenauf)*

Na? Überzeugt?

AICHELE *(kleinlaut)*

Jo Schofsscheiß. Ich kann´s eich nit vo´zähla. Es isch mir zu peinlich.

KLEEVE

Das können Sie nicht machen. Wir müssen doch wissen, wie die Geschichte ausgeht!

OPDERBECK

Los, Jungs. Wir legen zusammen. Laßt alle was springen.

Wir hören GELD KLIMPERN.

OPDERBECK

Hier. Für Sie. Aber jetzt müssen Sie auch zu Ende erzählen.

AICHELE *(gespielt leidend)*

´S fellt mo schwer. Hen er eich nit g´frogt, woher ich älles
so guat weiß? Ich hab nämlich d´ Hieronymus Boltmann
uffem G´wissa. Mir isch des U´glick mit ´em Auto passiert.

10.

*Wir hören wie jemand an einem RADIO dreht. Verschiedene
Radiosender RAUSCHEN DURCH. Schließlich bleiben wir bei
dem Lied "DON´T BOGART ME" von FRATERNITY OF MAN
stehen.*

AICHELE

Letschtes Johr wars. Am 31. Dezember ´99. Millenium. Mein
Kumpl Ramelow un´ ich sin´ für a kloine Schpedition in
Schramberg drüba g´fahra. Knallfresch. Der Ramelow war wie
ihr von d´ Oschtsee, Brema odr Bremerhave, isch jo wurscht.
Uff jeden Fall hen mir nunter noch Schilte missa, uff Kohlplatte nuff, nüba zur Obera Kinzig, un´ nunter noch Rippoldsau. An sauweita Weg, un´ deshalb hemmer uns vorher
mit ´nem kloina Tschoint g´schtärkt

*Im RADIO SINGT Fraternity of Man: "Roll another one, just
like the other one..."*

RAMELOW *(hochdeutsch)*

Das ist Musik, Alter. Laß mal die Tüte rüberwachsen.

Wir hören, wie er LAUT INHALIERT.

RAMELOW

Aaaaaaaaaah! Das tut gut! Jetzt Du.

Wir hören, wie Aichele noch LAUTER INHALIERT.

AICHELE

Uuuuuuuuuuuuuuuuh! Ebbes isch ebbes und ebbes isch nix.

RAMELOW

Wie? Was?

AICHELE

D´ alte Kampfruf meiner Vorfahre´. Die hen achtzehndrei-
afuffzig d´ Schiffersgild´ von Wolfe s´ Flösserrecht´ uff
d´ Kinzig abtrotzt. Aber davon vo´schtoscht einer von
d´ Oschtsee jo nix.

RAMELOW

Nordsee, Aichele, Nordsee. Und unsere Schiffe sind größer
als eure. *(Pause)*
Lass uns düsen. Wer darf fahren?

AICHELE

Mir ziahet. Hosch zwei Stäckele?

RAMELOW

Na, immer. Uuuund ... Du! Das ist ungerecht. Immer du!

AICHELE

Tja. Mir kennet hält alles...

*Wir hören einen MOTOR STARTEN und EINEN WAGEN WILD
QUIETSCHEND DAVONRASEN.*

AICHELE

...außer fahra. Was solle sage? Weit sin ´mer nit komma. Oba uff d´ Kohlplatte war pletzlich a Kurv´, die war no nia do g´wesa. D´Karra isch d´Wies na g´hurgelt un´ het ´n Telefonmascht g´fällt. Uns isch nix passiert, aba d´ Karra war im Oimer.

Wir hören BREMSEN QUIETSCHEN, einen LAUTEN KNALL, als der Wagen gegen den Telefonmasten kracht. Noch einer, als dieser umfällt. Und dann EXPLODIEREN die geladenen Knallfrösche. RAMELOW lacht und findet es witzig.

RAMELOW
Wow! Wow! Spitze!

AICHELE
Au Backe. Des gibt Ärger. Die Schüssel war so guat wia nei.

RAMELOW *(mit bekiffter Stimme)*
Ist doch gar nix passiert. Schwing die Tüte rüber, Alter.

AICHELE
Laider a falsche A´nahm´. Was mir nit g´wisst hen: Des Kabel vom Telefonmaschde isch grissa un´ hot n´ Keramikkopf vom Umverteiler z´samma g´schlaga. A Flämmle schteigt uff, s´duat an kloine Blitz un´ in Neubürg fällt d´ Schtrom aus. Hieronymus Boltmann, der im Schtolla rumwerkelt, schtoat uff ei´mol in d´ perfekta´ Dunkelheit…

11.

Wir hören einen SCHLAG, als das Licht ausfällt.

HIERONYMUS
He. Scheiße. Verdammtes Licht.

AICHELE

Im Schtolla war´s so dunkel, do sieschd d´ Hand vor d´ Auge
nimme. Wer sich bewegt, verliert im G´wirr von d´ Gäng jede
Orientierung. Aba des war nit s´ Problem. S´ Problem war,
d´ Hieronymus war koin Herr der Erde. Hot Angscht g´het.
Was sage, Angscht: Wilde Panik!

Wir hören Hieronymus IRRE LACHEN.

HIERONYMUS
He, he. Licht? Wo bisch? Komm zurück. Duzi duzi duz.
Komm zu-rü-ück!

Er SCHREIT plötzlich:

HIERONYMUS
Hosch nit g´hert? Ich befehl dir: KOMM Z´RÜCK.

Er beginnt zu SCHLUCHZEN.

HIERONYMUS
Bitte ... bitte, lieabs Licht: Gang wieda a.

Wir hören, wie er DIE LUFT ANHÄLT. Kein Licht.
Dann BRÜLLT er los.

HIERONYMUS
AAAAAAAAAAAAAAAAAAAAAAAAH!

Das ECHO hallt. AAAAH! AAAAH! AAAAH!

Wieder fängt er an zu LACHEN. Das ECHO hallt wir irre
durch die Stollen. Dann STILLE

HIERONYMUS *(flüstert)*
Also guat. Reiß dich am Riema, Hieronymus. Bisch

Bergmann, oder bisch koiner? I zähl´ jetzt langsam uff
Hundert. Bei Hundert gohts´s Licht a´. Ganz g´wieaß.
Oins. Zwoi. Droi. Vier. Fünf. Sechs. Sieba. Acht.
AAAAAAAAAAAAAAAAAAAAAH!

EIN WAHNSINNIGES SCHREIEN. Dann wieder Stille.
Dann das LACHEN.

HIERONYMUS *(irre)*
An Kamm! Ich sot ´n Kamm han wie d´ Alt´.

Wir hören die MELODIE des Kammes. Leise, und immer
lauter werdend.

GEIST DES ALTEN *(eisig)*
Schpott´ nicht deinem Erzeuger, Sohn.

HIERONYMUS
V ... V... Vater?

GEIST DES ALTEN
Hosch mich im Stich g´lassa, du Lumpaseckel. Vierzehn Dag´
elendes Vohungra und Verdurschta. Mir blieab nur d´ Kamm.

Die Melodie des Kammes schwillt an, wird unerträglich
LAUT.

HIERONYMUS
Das wollt ich nicht. Ganz ehrlich!

GEIST DES ALTEN
Hosch den Schoß der Erde entehrt! Du bisch koin Bergma!
Vo´fluacht sollsch du sei! Vo´fluacht! Vo´fluacht! Vo´fluacht!

Wir hören Hieronymus flüchten. Die Stimme des Alten folgt
ihm: Vo´fluacht! Vo´fluacht!

HIERONYMUS

Neeeeeeeeeeeeein!

Ein entsetzliches Geräusch ertönt, als er sich den Schädel
an einem Felsen EINSCHLÄGT. Seine Stimme bricht ab.
Die MELODIE des Kammes wird schwächer und schwächer.
Dann ist TOTENSTILLE.

12.

Wir hören nur DAS SCHWERE ATMEN der Wanderer.

OPDERBECK *(heiser)*

Mein Gott Aichele! Was haben Sie getan!

KLEEVE

Sie haben ihn getötet. Eine Familiendynastie ausgerottet.
Wie können Sie mit dieser Schuld leben?

Wir hören SEHR LEISE DIE MELODIE DES KAMMES.
Die Wanderer achten nicht darauf, auch nicht, als sie
immer lauter wird.

AICHELE *(unheimlich, schon selbst wie ein Geist)*

Sie hen recht. S´goht nuar, weil ich ´d Pakt g´schlossa hab.

OPDERBECK *(alarmiert)*

Pakt? Was meinen Sie damit?

AICHELE *(überlegen)*

Drehet eich mal um!

Jetzt ist die MELODIE sehr laut. Die Wanderer SCHREIEN
AUF VOR SCHRECK.

WANDERER *(alle)*

Der Geist!

OPDERBECK

Hilfe! Zu Hilfe!

*Wir hören EIN WÜSTES GERANGEL und ERSTICKTE SCHREIE.
Dann ist STILLE. BÄUME RAUSCHEN, VÖGEL PFEIFFEN.*

GEIST DES HIERONYMUS

Aichele, nächscht mol bringsch a bissle Fettere. D´ Alt
macht sonschd wieda Schtunk. Schwätzt von nix anderm,
als das ich ´en han verhungra lasse un´ er jetzt älles nach-
hole muaß. Der fuattert wie an Scheinadrescher.

AICHELE

Wa solle mache? An dena von d´ Oschtsee isch halt nix dra.

GEIST DES HIERONYMUS *(heftig)*

I bin d´ Verfluachte! Muß ´em Alte dieana un ´em sei däg-
lichs Veschper bringa. Säller alt Bäffzger goht mo granaten-
mäßig uff d´ Senkel. Vo´giß nit, du hosch mi aufem G´wissa.
Bisch mo einiges schuldig.

AICHELE

I´ tu jo, was´e ka.

GEIST DES HIERONYMUS

S´ lohnt sich jo au für dich. Ziagsch denna ganz schee ´s
Geld aus d´ Tasch mit meira Gschicht. Hosch wenigschtens a
Zibärtle dabei?

AICHELE

Nur no a kloins Trepfle. De Rescht hen sälle Oschtsee´ler
wegg´soffa.

Er GIESST ein.

GEIST DES HIERONYMUS
Wann kommsch mit d´ nächschd´ Liaferung?

AICHELE *(tröstend)*
Morga. ´N ganzer Bus aus Bayern. Die hen Fett uff d´ Rippa!

Hieronymus trinkt.

GEIST DES HIERONYMUS
Aah. Hano. Älles in ällem sin mo koi schlechts Team. Du
kriagsch´s Geld, und i ka d´ Vada besänftigen.

AICHELE
So isches. Ebbes isch ebbes und ebbes isch nix.

Sie hauen die GLÄSER zusammen und trinken.

GEIST DES HIERONYMUS
Aah. Guats Trepfle. Uff uns.

Wieder KLINGEN die Gläser.

AICHELE
Un´ uff d´ Schwarzwald. Uff unsern scheene, schwarze
Schwarzwald.

ENDE

Der Schwarzwald-Ranger

Ein Hörspiel
von
Daniel Oliver Bachmann

Hörspiel von
Daniel Oliver Bachmann

Der Schwarzwald-Ranger

Folge I: „Die reißende Floßfahrt"

Der Schwarzwald-Ranger

Uraufführung: 16.06.2001

Peter Förstner	*Hubertus Gertzen*
Gundula Euskirchen-Förstner	*Susanne Heydenreich*
Graf Hugo von Falkeneck	*Stefan Viering*
Staatssekretär Riesterer	*P. J. Kemmer*
Elke Förstner	*Hejir-Dunja Gharsallaoui*
Fridolin Wagner	*Frank Stöckle*
Opa Förstner	*Oscar Müller*
Hotelier	*Udo Zepezauer*
Jockele	*Berthold Biesinger*
Buch	*Daniel Oliver Bachmann*
Regie	*Günter Maurer*
Regie-Assistenz	*Viktor Gorcenko*
Technik	*Matthias Neumann*

1

Wir hören die Geräusche eines Flughafens, das Landen eines Flugzeuges. Räder quietschen, das "Gurte-öffnen-Zeichen" ertönt. Der Pilot gibt die Landung in Stuttgart durch.

PETER

Oaaaah! Endlich do.

GUNDULA

Hoffentlich auch unser Gepäck. Elke, aufwachen.

Elke gähnt. Wir hören die Leute das Flugzeug verlassen. Eine Lautsprecherstimme gibt durch: "Flug 371, Canada-Airline, von Vancouver nach Stuttgart, Gepäckausgabe Band 4"

PETER

Gundula. Hasch´n scho gsäa?

GUNDULA

Wen?

PETER

Na, d´ Vadder. Und d´ Schtaatsminischter Riesterer. Die wellat uns doch abhola.

GUNDULA

Du kannst es wohl kaum erwarten, Peter, in deinen geliebten Schwarzwald zu kommen. Man könnte doch meinen, nach vier Jahren in den kanadischen Wäldern hast du genug Holz gesehen.

PETER

D´ Heimet isch halt was andres.

ELKE

Da! Unsere Koffer! Meiner zuerst. Wie sich's gehört.

Wir hören, wie Peter die Gepäckstücke vom Band zieht.

ELKE

Ist alles so winzig hier, Mama.

GUNDULA

Stuttgart ist nicht Vancouver. *(sie seufzt)*. Na, komm. Dein Vater ist ja nicht mehr zu halten.

Wir hören, wie die Türen zum Ausgang sich öffnen. Draußen steht eine Menschenmenge, die die Ankommenden empfängt. Lautes Geschwätz und Willkommensrufe.

OPA

Peter! Peter!

PETER

Papa! Na, wie goht's. Guat siehsch aus. Wie's blühende Läba.

OPA

Des macht halt die guat Schwarzwald-Luft. Aber mein Bua muss sich jo uff Johr und Tag nach sällem Kanada verkrümla. Als hätta mir keine Bäum.

PETER

Papa! Jetzt fang nit domit a...

OPA

Isch jo scho recht. Willsch net deim neia Schef Grüß Gott saga? Des isch ... wie hoißet Se´ numol?

RIESTERER

Riesterer. Staatssekretär Riesterer aus dem Landwirtschaftsministerium. Freue mich sehr, Herr Förstner, dass Sie unserer A´gebot ins Ländle z´rücklocka konnt´. Ihr Ruf isch ´na ja praktisch vorausgeeilt.

PETER

Danke für die unverdienta Lorbeera. Derf ich Ihna mei´ Frau vorschtella? Gundula Förstner, Schtaatsekretär Rieschterer...

RIESTERER

Angenehm, gnädige Frau.

GUNDULA *(säuerlich)*

Die Freude ist ganz meinerseits.

PETER

...und mei´ Tochter Elke.

ELKE

Hy ... honeybunny.

GUNDULA *(verhalten)*

Elke. Sst.

RIESTERER

Ihre Tochter schwätzt nur Englisch? Leider isch meins an wengle schlecht...

PETER

Sie wird scho wieda Deitsch lerna.

RIESTERER

Und Schwäbisch au, hoffentlich ... dann derf i´ Se jetzt alle einlada ... im Minischterium wartet man scho´ ungeduldig, Herr Förschtner.

Die Stimmen entfernen sich, werden leiser.

RIESTERER

Fraiet Se sich uff ihr´ Uffgab?

PETER *(ehrlich)*

Na, un´ wia!

RIESTERER

Und´ Frau Gemahlin? Mir hen a hübsches Häusle für Sie!

GUNDULA *(spöttisch)*

Ich bin entzückt.

RIESTERER

Do wird sich au ´s Frailein Tochter wohlfühla...

ELKE *(zu sich)*

Würde ich nicht drauf wetten ... honeybunny.

2.

Wir hören Gläser klingen, die Geräusche eines Empfangs.

OPA

Was für ´n Uffmarsch. Do mach I glei´ mein´ Abmarsch.

GUNDULA

Tja. Peter ist jetzt halt Herr Wichtig.

OPA

Und du bisch Frau Wichtig ... tschüßle bis morga, daheim, meine Liabe.

RIESTERER

Meine Damen und Herren ... mit Schpannung hemmer auf

ihn gwartet, jetzt ischer do ... Peter Förstner ... unser
erscher hauptamtlicher Schwarzwald-Ranger!

*Die Leute klatschen Beifall. Jemand ruft: "Na endlich. Hat
ja lange genug gedauert." Riesterer nimmt Peter beiseite.*

RIESTERER

Do oba wartet a Menge Arbeit auf Sie, Herr Förstner. S´ wird
net oifach wera, mit d´ Leit klarzukomma. Mir hens schon a
paar Mol g´hert: Mir hen vorher koin Ranger ghet und älles
ging guat – mir brauchet au jetz´ koin.

PETER

S´isch ebba nit älles guat ganga. D´ Natur do isch ziemlich
uff d´ Hund komma. Aber machet Se´ sich keine Sorga.
I kenn sällen Menschenschlag. Isch jo schließlich moi
Heimat. S´ wird viel bruddelt – aber dann meinets älle
doch guat.

RIESTERER

Ihr Wort in Gottes Ohr. Ah, Frau Förstner, des wird Sie
interessieren: Sell Häusle für Sie ... des stoht in ´rer Traum-
lag! Direkt an ´nem Bach. Und koin Nachbar, weit und breit.

GUNDULA

Wie? Kein Nachbar weit und breit? Peters Dienstsitz ist doch
in Baden-Baden...

RIESTERER

...ach so, des wisset Sie no´ gar nit. S´ gab a klitzekleins
Problemle. Un´ mir hen uns denkt, do oba uff em Berg isch
jo au die Luft viel besser! Sin´ jo immerhin über tausend
Meter Meereshöh. Un´ ihr Ma isch dann au glei in seim´
Revier...

GUNDULA *(scharf)*

...es ist aber nicht mein Revier! Und ich denke gar nicht daran, in die Pampa zu ziehen. Das war nicht abgemacht.

Wütend geht sie davon. Peter ist in der Zwickmühle.

PETER

Gundula! Wart´ doch. ´Tschuldigung, Herr Staatssekretär. Jetzt renn doch ´it weg.

3.

Wir hören das Brummen eines Automotors.

PETER

Ich han g´sagt: S´tuat mo leid!

Keine Antwort.

PETER

Han des doch au nit g´wußt!

GUNDULA

Bin ich ja gespannt, was du sonst noch alles nicht weißt.

PETER

Gundula...

GUNDULA

...das hatten wir anders vereinbart, Peter! Es hieß: Baden-Baden! Verdammt, ich habe einen Beruf! Ich bin Anwältin. Deine Bäume brauchen keine Anwälte. Außerdem muss Elke aufs Gymnasium.

ELKE

Muss ich nicht.

PETER *(heftig)*

Meine Bäum´ brauchet A´wält. Dringend sogar. *(Er reißt sich zusammen)* Hör mol: Ich bin sicher, mir findet a Lösung. Laß uns doch erscht mol ankomma.

GUNDULA

Ja, ja. Und am Ende hab´ ich mich wieder breit schlagen lassen.

PETER

Bisch a Goldstück.

ELKE

Mir kommen gleich die Tränen.

PETER

Du do hinten, reiß dich z´samma. Sonscht kommsch nit uffs Gymnasium, sondern in d´ Baumschual.

ELKE

Au ja! Könnte ich nicht mir dir arbeiten, Daddy? Als deine Assistentin?

PETER

Erschd machsches Abi – dann gucko mo weiter.

Wir hören das Brummen des Motors.

GUNDULA

Bist du sicher, dass wir richtig sind?

ELKE

Warum ist Opa nicht mitgefahren?

PETER

So ´n Rummel isch nix für ´en. Hot sich wahrscheinlich a Schtugarter Weinbaiz von innen a´guckt.

ELKE

Ich fand das Gelaber auch blöd.

GUNDULA

Kuhnacht hier.

PETER

Ich glaub, da vorne gohts nuff.

Peter schaltet zurück, der Motor heult auf.

GUNDULA

Das ist ja ein Alpenpass! Und da im Winter runter...

PETER *(freudig aufgeregt)*

Da vorne ... i seh´s scho!

Wir hören, wie der Wagen anhält. Der Motor erstirbt.

GUNDULA

Das ist ja ... das ist ja...

Türen knallen, Schritte bewegen sich auf das Haus zu. Etwas fällt krachend um. Gundula erschreckt.

GUNDULA

...das ist ja die reinste Bruchbude!

ELKE

Ich mach mal Licht.

Wir hören das Summen von Strom, einen Knall, Elke schreit auf.

ELKE

Daddy! Ich hab 'nen Schlag bekommen.

GUNDULA

Da geh ich nicht rein. Keine tausend Pferde bringen mich durch diese Tür.

PETER

Okay. Okay! Heit Nacht müssa mer wohl ... ihr beide schloft im Auto. Un i ... leg' me in d' Garta.

GUNDULA *(spöttisch)*

In deinem Schlafsack, nehm ich an.

PETER

Genau.

GUNDULA *(wird zornig)*

Der ist aber im Koffer. Und der Koffer ist noch in Stuttgart. Und soll ich dir noch was sagen? ...

PETER

...Noi! Sag's mir morga. Heit wille nix mehr höra.

4.

Wir hören Vogelgezwitscher und das Muhen von Kühen. Peter gähnt. Wir hören, wie er aufsteht und ins Haus geht. Er betätigt den Lichtschalter, wir hören dasselbe Geräusch wie gestern abend. Peter bekommt einen Schlag.

PETER

Au! *(murmelnd)* Schene Pleite.

Viel Gerümpel liegt rum. Wir hören, wie Peter etwas zur Seite wuchtet. Etwas Lautes fällt um. Peter hustet.

PETER

Des isch koi Bruchbud´ ... des wär a Beleidigung für jede Bruchbud´ ... die hen jo gar nix g´macht.

Wir hören, wie draußen ein Auto vorfährt. Eine Autotür knallt zu, ein Mann ruft.

FRIDOLIN

Hallo? Jemand dahoim? Peter?

PETER

Fridolin!

FRIDOLIN

Peter! Alte Hütte!

Die beiden Männer fallen sich in die Arme. Großes Schulterklopfen.

FRIDOLIN

Na, du Grizzly. Hot dich d´ Heimat wieda?

PETER

Du bisch aber au d´ erscht Lichtblick. Guck de mol um. Gundula isch schtinksauer.

FRIDOLIN

Wo schteckt se´ denn?

PETER

Draußen im Auto. Sie und Elke hen...

FRIDOLIN

... draußa isch koi Auto.

PETER

Wie? Was? Koi Auto?

Er läuft nach draußen. Von entfernt hören wir ihn fluchen. Er kommt zurück.

PETER

Sie isch weg!

FRIDOLIN

Was erwartesch? Dass sie sich mit in de´ Garten legt?

PETER

Keine Witze! Ich brauch´ dei Hilf.

FRIDOLIN

Was denksch, warum I do bin? Ohne sein Fridolin isch der Herr Ranger doch nur ´n halbe Mensch. Nur kei Angscht. Des schaukel i. Lass mi nur macha.

PETER

Aber keine krumme Dinger. I kenn dich.

FRIDOLIN

Na, na, na. Ein bissle Vertrauen muass scho sein.

PETER

Wo Gundula wohl schteckt? Und wo isch d´Elke?

5

Wir hören das Geklapper eines Frühstücksraumes. Eine Kellnerin kommt gerade an den Tisch von Gundula und Elke.

KELLNERIN

Noch Kaffee?

GUNDULA

Für mich nicht, danke.

ELKE

Klar. Ohne Kaffee überleb´ ich den heutigen Tag nicht. Hab kein Auge zugetan. Warum hast du nur ein Einzelzimmer genommen?

GUNDULA

Weil ich kein Geld dabei habe.

ELKE

Du meinst – wir können nicht mal das Hotel zahlen?

GUNDULA *(genervt)*

Ich lass mir gerade was einfallen.

ELKE

Mama ... glaubst du nicht, dass Daddy sich Sorgen macht?

Gundula schlägt mit der Hand auf den Tisch. Tassen und Besteck klirrt.

GUNDULA

Und ich? Ich mach mir auch Sorgen! Es läuft mal wieder alles anders. Das ist doch kein Haus. Eine elende, dreckige Hütte ist das. Mehr nicht.

ELKE *(flüstert)*
Mama. Die Leute drehen sich schon um.

GUNDULA
Die können mich mal! Die können mich alle. Und Peter
zuerst!

6.

Wir hören Vogelgezwitscher und das Muhen von Kühen.

FRIDOLIN
Was für a Dreckloch – aber wirsch seha: Wenn i fertig bin,
isches an Palascht.

PETER
Wie lang?

FRIDOLIN
Ooooh - halbes Jährle.

PETER
Bisch wahnsinnig? Wo solle mir denn wohna in dära Zeit?

FRIDOLIN
Ha jo. Vielleicht wärats au bloß sechs Monat. Komm mo mit,
i zeig dir was.

*Die Männer gehen ums Haus. Das Plätschern von Wasser
wird immer lauter.*

PETER
`N Bach, direkt am Haus. Sicher isch au d´ Keller feicht.

FRIDOLIN
Des isch koin normaler Bach. Des isch ´n Schwallbach.

PETER

Schwall-was?

FRIDOLIN

Schwallbach. Du weischt doch, do oba am Katzenkopf,
do gibt's sällen kleinen See?

PETER

Wo mir immer badet hen im Sommer?

FRIDOLIN

Des war mol an Schwallweiher. Die Holzflösser hen jo ihre
Baim transportiera müssa. Also hen sie oba uff d´ Berg Seea
a´glegt. Wenn die Flösser fertig waret, hen ses Wasser
abglassa und sin uff d´ Flutwell ins Tal g´rauscht.

PETER

Klingt ziemlich g´fährlich.

FRIDOLIN

War´s auch. Des waret mutige Männer. Da brauchsch ganz
schö Mumm, uff Baumstämm ´n reißende Bach na zu rase.

PETER

Und dann sin´ se hier am Haus vorbei?

FRIDOLIN

Nit nur vorbei. Die hen hier a´glegt. Sisch do vorne die
Hake im Bachufer?

PETER

Warum hen sei des g´macht?

FRIDOLIN

Kirschwässerle.

PETER

Kirsch...?

FRIDOLIN

Die Hütte, uff die du so schimpfa tuasch – des war amol
a Baiz. A alte, ehrwürdige Baiz. Guck mol do na: Des hob
i g´funda.

PETER

A Holzschild? Was stoht denn do druff?

FRIDOLIN

"Zum letzten G´sther". So hot´se g´heißa, die Baiz: "Zum
letzten G´sther".

PETER

Komischer Name.

FRIDOLIN

Für ´n Ranger weisch nit arg viel über d´ Heimat, mei
Liaber. S G´sther war a Art Bremse uff em Floss. Damit hot
mo d´ Wucht vom Schub a wengele abbremsen könna.

PETER

Hasch recht. Vom alta Handwerk im Schwarzwald weiß i
wirklich nit viel.

FRIDOLIN

Traditionen sind Schätze. Die sot mo nit vergessa.

PETER

Unsrem alta Lehrer Raviol hättsch ´n Äpfelbutza an Kopf
g´worfa bei so ´nem Schpruch.

FRIDOLIN

In des wächst mo halt rein. Und genau deshalb bringe mir die Bruchbud´ do uff Vorderma. Die soll in altem Glanz erschtrahla. Und säll Schild baschtla mo natürlich au wieda na.

PETER

Eiverschtanda ... aber keine sechs Monat!

FRIDOLIN *(verschmitzt)*

Vielleicht hemmers se jo schon noch nem halben Jahr fertig! I muss jetzt los. Hab´ a Menge zu schaffa.

PETER

Und ich wüsst gern, wo Gundula steckt.

7.

Wir sind an der Rezeption des Hotels. Telefone klingeln, Leute geben ihre Schlüssel ab oder kommen an.

HOTELIER

Dann hab ich Sie richtig verstanden, Frau Förstner? Sie können die Hotelrechnung nicht bezahlen?

ELKE *(genervt)*

Warum rufst du nicht einfach Daddy an?

GUNDULA *(trotzig)*

Der hat uns in diese Lage gebracht. Hören Sie, es ist mir wirklich unangenehm ... kann ich mal telefonieren?

HOTELIER

Bitte. Das geht aber auch auf die Rechnung.

GUNDULA *(leise)*
Entenklemmer.

Sie wählt eine Nummer. Wir hören das Tuten des Telefons.
Dann eine Stimme.

SEKRETÄRIN
Anwaltskanzlei Von Falckeneck & Partner, guten Morgen.

GUNDULA
Ist Herr von Falckeneck da?

SEKRETÄRIN *(kühl)*
Mit wem spreche ich?

GUNDULA
Gundula Förstner. Nein, ah, Gundula Euskirchen.

SEKRETÄRIN
Augenblick.

Für einen Moment ist die Leitung tot. Dann ein Knacken.

VON FALCKENECK
Gundula! Was für eine Überraschung.

GUNDULA
Hugo, hallo. Ich bin … in Schwierigkeiten.

VON FALCKENECK
In Kanada?

GUNDULA
Nein. Wir sind zurück. Aber es ist … verdammt,
es ist so peinlich.

VON FALCKENECK

Jetzt mal tief durchatmen. Und dann erzählst du mit alles. Von Anfang an.

8.

Wir hören das Rauschen des Baches. Dazwischen immer wieder ein lautes Platschen, als ob jemand in regelmäßigen Abständen Steine reinwirft.

PETER *(halblaut, zu sich selbst)*

Na Peter. Des hosch d´ älles a wengele anders vorgschtellt. Kaum bisch do, isch d´ Familie weg. Hosch kei Dach überm Kopf – un´ sodsch eigentlich mo anfanga schaffa.

Wir hören ein Auto vorfahren. Der Motor geht aus, eine Tür knallt.

PETER

Fridolin? Bisch du´s?

OPA

Junge! Was hockst ´n am Bach wie an trauriga Gimpl? Wo isch Gundula und d´ Elke?

PETER

Des wüsst i au gern. Hosch du des g´wisst mir sällerer Bruchbud´?

OPA

Nö. Abr als säller Krawattenträger geschtern g´sagt hot, er
hätt do a hübsches Häusle uff d´ Kalikutt, hotts bei mir
gschnaggelt. Ich kenn nämlich koi hübsches Häusle uff
d´Kalikutt. I kenn nur s´ alte G´stehr, und do wohnt seit
über dreißig Johr keiner mehr drin.

PETER

Hosch g´wisst, das des mol a Baiz war?

OPA

Willsch me voarsche, Bua? Mein Vadder – dein Opa – war
no in d´ Schifferszunft. Er isch anno 1894 uffem letschden
Floß na ins Land g´fahra. Mir sin oft do drinna g´hockt.
D´ Kaschde Jakob war dabei, un´ d´ Schwarzfuaß Hans.
Säll war ´n Bär von Ma, der hot ´n Holländer-Stamm allei
uffghoba. Un´ d´ Käppeles-Martin, d´ beschd Flösser uffem
Schwarzwald, un´ d´ Kibele-Jörgi. Der hots letschd
Holländer-Floß nach Amschderdam g´schifft. Jo, Bua.
Des waret no Zeita.

PETER

Und heit isch älles wia ausgschtorba.

OPA

Aaah, s´ kommet neie Zeita. D´ Schwarzwald-Ranger im alte
Flößerhaus. Des passt scho!

PETER

Hosch recht. G´nug Trübsinn blasa. Jetzt heißts in d´ Händ
schpucka.

OPA

Es wird a Weile daura, bis m´ fertig sin.

PETER

A wa. A halbs Jährle. Vielleicht au nur sechs Monat.

9.

Wir sind wieder an der Rezeption des Hotels. Das Telefon klingelt.

HOTELIER

Hotel Golderner Löwe, was kann ich für Sie tun? Aufgelegt. Frechheit. Ein Benehmen ist das.

HUGO VON FALCKENECK

Sie sagen es.

HOTELIER

O. Ich hab´ Sie gar nicht kommen sehen. Möchten Sie ein Zimmer?

VON FALCKENECK

Ich suche Gundula Euskirchen ... ah ... Förstner.

HOTELIER

Ach die Dame ohne Geld ... da hinten.

VON FALCKENECK

Wieviel macht ihre Rechnung?

HOTELIER *(nassforsch)*

Hundertdreißig das Zimmer – das muss man sich vorstellen, zu zweit im Einzelzimmer, aber sie bestand ja darauf – zweimal Frühstück, und in der Minibar hat sie sich auch bedient – macht hundertfünfundsiebzig.

VON FALCKENECK

Hier nehmen Sie ... und noch was: Wer von anderen gutes Benehmen fordert, sollte bei sich anfangen. Und nun zeigen Sie mir, wo ich die Dame finde.

HOTELIER *(kleinlaut)*

Natürlich. Kommen Sie. Hier entlang.

VON FALCKENECK

Gundula!

GUNDULA *(etwas zu erfreut)*

Hugo! *(sie reißt sich zusammen)*. Hugo. Danke, dass du ... das ist meine Tochter Elke. Elke, Hugo von Falckeneck. Ein ... äh ... alter Kollege von früher.

VON FALCKENECK

Ich kann mich noch gut an Sie erinnern – oder darf ich du sagen?

ELKE *(genervt)*

Wie Sie wollen...

VON FALCKENECK

Da bist du noch in kurzen Hosen rumgerannt. Und hattest immer so einen Teddy...

GUNDULA

Dein Knuddelpatsch.

ELKE

Mami!

VON FALCKENECK

... jedenfalls ... lange ist´s her. Ja, wollen wir nicht? Ich würde dir gerne meine neue Kanzlei zeigen, Gundula. Du wirst staunen.

ELKE

Mami – kann ich nicht einfach ein wenig in die Stadt gehen?

GUNDULA

Okay. Wir treffen uns um fünf. Am Konzerthaus.

Wir hören wie Gundula und Hugo das Hotel verlassen.

GUNDULA

Du weißt gar nicht, wie froh ich bin, dich zu sehen.

Sie kommen nach draußen. Wir hören Straßenverkehr.

GUNDULA

O. Schickes Auto.

VON FALCKENECK

Rolls Royce. Mein dritter. Kleine Schwäche von mir: An schönen Autos kann ich einfach nicht vorbeigehen.

GUNDULA

Und an schönen Frauen? Noch immer ledig?

VON FALCKENECK

Die Einzige, die in Frage kam, entschwand ja nach Kanada. Ohne ein Wort zu sagen.

GUNDULA

Tut mir leid. Ich weiß, das war damals alles ein bißchen ... überstürzt.

VON FALCKENECK

... ah, lassen wir die alten Kamellen. Komm, steig ein. Ich zeig dir mal, was du alles verpasst hast. Baden-Baden hat sich schwer gemacht. Wir sind wieder wer.

Der Motor startet. Der Wagen fährt davon.

10.

Wir hören leise das Rauschen des Baches, die Vögel und die Kühe. Lauter hören wir das Ächzen zweier Männer, die Gerümpel zur Seite räumen.

PETER

Meine Güte, was hier älles für ´n Krempl rumliegt! Wer war denn d´ letscht Besitzer?

FRIDOLIN

Des war d´ alt Bimbeli. Isch in d´ Dreißiger aus Bern zugreist. Sällrer alte Schweizerschtadt. Den han i no guat kennt.

PETER

Für ´n Schweizer hot er aber wenig Ordnung g´halta.

FRIDOLIN

Langsam, langsam. Der alt´ Bimbili hot hart gschuftet. Im Wald. Der war Köhler un´ Pottaschesieder.

PETER

Pottasche? Für d´ Glasherstellung? Säll braucht mo doch gar nimmer. S´gibt doch Soda.

FRIDOLIN

Ha no. Frog mol ´n Glasbläser, was ´em lieber isch. Pottasche
hätt scho was. Aber will heit jo keiner mehr macha. Wird
mo jo dreckig dabei. Und d´ Köhler? Säll waret jo älleweg
immer die ärmschde Hund uffem Schwarzwald.

PETER

Der Bimbeli hot also ´n Kohlemeiler ghet?

FRIDOLIN

Ha nit nur ein. D´ Köhler zieht weiter, wenn d´ Wald um
d´ Meiler nit mehr reicht. D´ Bimbeli hot gut und gern a
halbs Dutzend Meiler g´het. Un´ beim letzschda – der hot
´geschlaga`.

PETER

Die Gase sin´ explodiert.

FRIDOLIN

D´ Meiler hot überhitzt un ´em Bimbeli ischs Wasser zum
Kühla ausganga. Do hot er probiert, die Quandel uff em
Meiler uffz´macha. Aba scho isch ´m d´ ganze Scheißdreck
um ´d Ohra g´floga. Im Meiler sälber hots jo über 400 Grad.
Glühende Kohla hot der auskotzt. Und d´ Bimbeli – schwere
Verbrennungen ... un´s Augalicht verlora.

PETER

Der arm Ma.

FRIDOLIN

Nadierlich hennem älle g´holfa, so guat halt jeder konnt.
Nochborschaftshilf war schon immer was wert uffem
Schwarzwald. Aber sein Haushalt hätter halt nimmer mache
kenna.

PETER

Lebt er noch?

FRIDOLIN

Isch zrück nach Bern. In a Altaschtift. Un hätt des Haus
billig an d´ Bürgermeischder Rothfuaß verscherbelt. Und
d´ Bürgermeischder Rothfuaß hot´s ans Land verkauft, für
d´ achtfache Preis. Des isch an Heilandzack, säller Schultes.
Denn wirsch noch kennelerna.

PETER

Und er mich. Isch des nit der, mit dära Sägerei?

FRIDOLIN

An Großkotz erschder Güte. Säller war d´ Lauteschd, wo´s
g´heißa hot, mir kriaget ´n Ranger. Brauche mo nit, wella
mo nit. Baschda. Bei dem musch de warm anzieha.

PETER

Do ghot mir ´n ganza Kronleuchter auf. Der Rieschderer hot
mol in Kanada a´grufa. Was von nem Parteifreund bruddelt.
Der sich um d´ Renovierung kümmre dät. Do hot mo allerdings no von Bade-Bade g´schwätzt.

FRIDOLIN

Jo, jo. D´ Schpätzle-Connektschen. Der hot d´ Rothfuaß
g´meint. Kei Wunder, hot der kein Finger krumm g´macht.

*Ein Handy beginnt zu klingeln. Es spielt die Melodie:
"Auf der Schwäbschen Eisenbahn".*

PETER

Genau. Um mir d´ Anfang zu versüßa. Na, dem were
d´ Marsch blosa.

FRIDOLIN

A propo ... isch des deins? Klasse Melodie.

PETER

Hot mich in Kanada immer a wengle tröschdet. Isch sicher Gundula. Hallo? Elke! Wo schtecksch denn du? Was? WAS? Mit Hugo von Falckeneck? Sie isch mit Hugo von Falckeneck wegg´fahra und hot dich in d´ Schtadt sitza lasse? Also des isch ... ich hol dich ab. In ´rer halbe Schtund bin i do.

Er unterbricht die Verbindung.

PETER

Also des schlägt jo am Faß d´ Boda aus. Hugo von Falckeneck. Der isch schon damols um se rumschlawenzlt.

FRIDOLIN

Willkommen daheim, Ranger.

PETER

Ich brauch dei Karre. Kann i di irgendwo absetza?

FRIDOLIN

A .. a ... wie zuvorkommend. Nei, laß mol. Hab no was im Wald zu schaffa.

Peter steigt ins Auto und fährt los. Wir hören leise das ´Mähen` einer Schafherde. Es wird lauter und lauter.

PETER

Au säll no. A Schafherde.

Das Auto hält an. Peter kurbelt die Scheibe herab. Das Mähen ist nun ganz laut.

SCHÄFER RALLY

Grüß Gott, Ranger.

PETER

Grüß Gott ... na sag mal, bist du nicht der Rally? Ich dachte, du studierst Sport? In München?

RALLY

Habe ich auch. Dann kam ein doppelter Kreuzbandabriss, und das war´s. Ist aber schon ein paar Jahre her. Hab Schäfer gelernt, von der Pike auf. Ist meine erste Herde.

PETER

Schöne Tiere. Wieviele sind´s denn?

RALLY

Zweihundertdreiundzwanzig. Sagen Sie mal Ranger, was halten Sie davon, die alten Weiden auf dem Katzenkopf wieder in Betrieb zu nehmen? Würde dem Boden gut tun.

PETER

Keine schlechte Idee. Wenn´s dir nicht zu zugig ist da oben.

RALLY

I-wo. Grad richtig für mich. Wissen Sie Ranger ... ich war schon ein paar mal oben. Da treiben sich seit einiger Zeit komische Leute rum. Sollten Sie mal nachsehen.

PETER

Wo genau?

RALLY

Beim alten Schwallweiher. Kennen Sie den?

PETER

Natürlich. Und über die Waldweiden reden wir noch.

RALLY

Okay. Ich zieh dann mal weiter. Bella, Susi, Robinson ... an die Arbeit.

Wir hören drei Hunde bellen und die Schafe blöken. Der Ranger startet das Auto. Wir hören, wie es wegfährt.

11.

Wir hören die Geräusche eines Büros. Telefone klingeln, eine Frauenstimme sagt im Hintergrund: "Anwaltskanzlei Von Falckeneck & Partner, guten Tag".

VON FALCKENECK

Und? Was meinst du?

GUNDULA

Respekt, Respekt. Wieviele Angestellte sind es?

VON FALCKENECK

Zehn Anwälte. Von Arbeits- bis Wettbewerbsrecht. Nur die besten. Mit den anderen Angestellten sind es vierzig. Ich selbst bin ja kaum im Büro. Ich ... pflege die Kontakte.

GUNDULA *(lacht)*

Kann ich mir vorstellen. Auf der Jagd. In der Oper. Beim Cocktail-Empfang. Schönes Leben.

VON FALCKENECK

Du könntest daran teilhaben. Eine versierte Anwältin mit internationaler Erfahrung fehlt mir noch.

GUNDULA *(geschmeichelt)*

Hugo... ich bin ja noch nicht mal angekommen.

VON FALCKENECK

Du bist angekommen. Aber nicht glücklich. Oder täusche ich mich?

Gundula antwortet nicht.

VON FALCKENECK

Keine Antwort ist auch eine Antwort.

GUNDULA

Seit wir zurück sind, geht alles schief. Aber ... ich hab mich gestern auch blöd verhalten. Peter gegenüber. Sei mir nicht böse, Hugo. Aber ich muss jetzt gehen.

VON FALCKENECK

Nicht, bevor wir ein Gläschen miteinander getrunken haben. Auf das Wiedersehen. Hab drüben im Elsaß ein paar kleine Weingüter gekauft. Ich bau da einen Cremant Cru aus, der löst alle Sorgen ... mit köstlichem Blubb.

GUNDULA *(lacht)*

Na gut. Aber nur eines.

12.

Wir hören das Brummen des Automotors.

PETER

Und Mami hot dich wirklich hockalassa?

ELKE

Na ja. Vielleicht war´s auch ein bißchen anders. Aber wir haben in einem Einzelzimmer geschlafen! Ich im Bett und die Mami auf dem Boden. Und dieser Falckeneck hat die ganze Rechnung bezahlt.

PETER

Do kriag i so ´n Hals!

ELKE

Daddy – können wir nicht in der Stadt wohnen?

PETER

Wenn des Häusle erschd mol fertig isch – des wird dir g´falla, glaubs mer.

Der Wagen hält an.

PETER

...komm, mach di a wenig nützlich. Säll ganz G´rümpel schmeißa mer raus.

ELKE

Und wo gehst du hin?

PETER

Nuff uff d´ Katzekopf. Bin in ´rer Schtund wieder do.

Der Wagen startet und fährt los. Während das Auto fährt, singt Peter ein altes Lied von "Element of Crime": "Es ist nichts mehr wie es war."

PETER *(singt)*

...auf der Suche nach dem guten alten Schwung
welche Schnapsidee war es denn, hierher zu gehen
und dem weichgespülten Elend ins Auge zu sehen
denn eins ist heute völlig klar
es ist nichts, nichts mehr wie es war.
Es ist nichts, nichts mehr wie es war.

PETER *(zu sich)*

Lällebäbb. Aber i änders. `S wird älles sei wia früher.

*Er bremst, der Wagen fährt auf einen geschotterten
Parkplatz. Wir hören Steine spritzen. Peter steigt auf
und macht sich pfeifend auf den Weg. Dazwischen summt
und singt er.*

PETER *(singt)*

...nichts, nichts mehr wie es war...

*Wir hören intensive Waldgeräusche. Vögel, Wasser, und
dazwischen das dumpfe Schlagen auf Holz – wie wenn
Bäume ohne Motorsägen gefällt werden.*

PETER

Komisch. Was isch ´n des? Hallo! He, Sie do! Was soll ´n des?

Wir hören Peter rennen, stolpern, fluchen.

KARLE

Grüß Gott, Ranger.

PETER

Jo, was hen denn Sie vor?

KARLE

Na, Weida binden. Des sieht mo doch.

PETER

Für was denn, um d´ Herrgotts Willa?

FRIDOLIN

Für unser Floß.

Wir hören, wie Peter herum fährt.

PETER

Fridolin! Des hätt i mir jo glei denke könne. Dass du Heilandzack deine Pfoten drin hosch. Was hen ihr vor?

FRIDOLIN

Nit uffrega. Komm mit!

Sie gehen ein Stück. Wir hören Stimmen von Männern, das laute Rauschen von Wasser.

PETER

Do ... do lieagt ja a ausg´wachsens Floß im See.

FRIDOLIN

Du kommsch grad richtig zur Abfahrt.

PETER

Nee. Nee! Uff gar kein Fall. Uff gar kein Fall wered ihr flößen. Des isch gega jede Vorschrift.

FRIDOLIN

Vorschrift, a-wa! Des isch unsre Tradition.

PETER

Und für sälle Tradition denner Bäum fälla. Mitte im Naturschutzgebiet.

KARLE

Ranger, was rega Sie sich uff? Bäum hot´s g´nuag.

FRIDOLIN

Weisch Karle, d´ Ranger hot halt nix übrig für die alte
Werte. Schtimmts, Peter?

PETER

Des han i wohl. Aber i han nix übrig für Leit, die im
Hochmoor rumstiefle, Bäum fället wie ´sne grad passt,
un´ so zum Schpaß mol an See ablasset.

Von weiter weg hören wir einen Mann rufen:
ZIEHT DIE SPERREN

PETER

Fridolin! Ich warn dich.

FRIDOLIN

Mir sehet uns! Drunte im Tal. Im alte G´stehr. Holla, Ranger,
mir flößet!

Wir hören mächtiges Rauschen von Wasser. Die Männer
springen auf das Floß. Das Wasser gurgelt gefährlich.
Steine reißen sich los und kollern Richtung Tal.

FRIDOLIN

Hopps ruff, Peter. Holsch d´ sonschd nasse Füaß!

Wir hören Peter fluchen. Er springt, rutscht auf dem Floß
aus, fällt, kann sich gerade noch halten. Wir hören, wie
das Wasser über das Floß spült. Vorne schreien Männer.

KARLE

Jockele sperr! Nit so schnell!

JOCKELE

Goht nicht. ´S G´sther klemmt.

KARLE

Verdammt no mol! Langsamer!

Die Fahrt geht über Stock und Stein. Das Wasser tobt mit unvorstellbarer Gewalt. Peter ringt nach Luft. Er hustet, als er sich verschluckt. Wir hören ihn unterdrückt fluchen.

FRIDOLIN

Sperra! Sperra! Sperrt des G´sther, Männer.

Wir hören einen Schrei. Es ist Fridolin.

FRIDOLIN

Peter!

KARLE

Ranger! ´S Wasser drückt ´n unters Floß!

FRIDOLIN

Hilfe!

PETER

Halt dich fescht! FESCHTHALTEN! An meirer Hand. I zieh dich raus...

Wir hören ein lautes Rumpeln, das Toben des Wassers, Peters Schrei, als er von Fridolin vom Floß gezogen wird. Die beiden Männer schnappen verzweifelt nach Luft, während wir auch die Steine im Bach rollen hören.

FRIDOLIN

Peter! Scheiß Meggel im Bach! Aaaah!

PETER *(beschwörend)*
Feschthalten. Feschthalten. Nit loslassen.

*Wir hören sein angestrengtes Stöhnen, während Fridolin
kaum noch Luft bekommt. Allmählich wird das Getöse des
Wassers schwächer. Die Flutwelle aus dem See nimmt ab.*

PETER
Glei hemmers. Do nüber. Do kommt´s Wasser nit na.

Wir hören, wie Peter eine schwere Last ablegt.

PETER
Mensch, du Hamballe. Wiegsch jo zwei Zentner. Fridolin?
Fridolin!

Peter schlägt Fridolin ins Gesicht.

PETER
Komm zu dir, verdammt no mol.

*Wir hören, wie Peter Mund zu Mund-Beatmung gibt.
Plötzlich fährt Fridolin mit einem großen Stöhnen auf.
Wir hören, wie er Wasser spuckt.*

PETER
So isch guat. Älles muss raus.

FRIDOLIN
Mein Fuaß!

*Wir hören, wie Peter Stoff zerreißt. Dann sein unter-
drückter Schreckensausruf.*

PETER *(leise)*

Ach du Sch ... offener Bruch. *(laut)* Kei Angscht, Fridolin, kei Angscht. Des kriage mo schon na. Schee z´rücklega. Ich schien dein Bein. Moment. Jetz´ tuats vielleicht a wenig weh...

Fridolin brüllt vor Schmerzen

PETER

...muss die Blutung stillen.

Fridolin brüllt wieder. Peter redet beschwörend auf ihn ein.

PETER

Glei vorbei, glei vorbei, glei hemmer´s. Wir brauchen ´n Arzt, hosch viel Bluat verloren. Ich ... verdammt!!

FRIDOLIN

Was isch?

PETER

´S Handy .... s´isch kaputt. *(beruhigend)* Na, dann mussete wohl trage. Mir miaßet na ins Tal. Und zwar schnell.

Er versucht Fridolin hochzuheben. Fridolin stöhnt vor Schmerz, der Ranger vor Anstrengung.

PETER

Wieviel?

FRIDOLIN

Hundertzehn Kilo. Des schaffs´ du nie.

PETER

I han guat g´frühstückt heit morga.

FRIDOLIN

Du warsch scho immer an lausiger Lügner. Lass mi do liaga und gang allei. I han uns die Sach´ ei´brockt.

PETER

Werd´ jetzt nur nit sentimental.

FRIDOLIN

Hätt ich auf dich g´hört ... Peter - du blutesch ja!

PETER

A-wa. Nur ´n kleina Riss.

FRIDOLIN

Des isch kein kleiner Riss. Des isch...

PETER

...nix von Bedeutung. Do. Do beisch jetzt druff.

FRIDOLIN

Uff des Holz? Warum?

PETER

Darum!

Er hebt Fridolin hoch und stöhnt vor Anstrengung.
Fridolins Schmerzenschrei klingt unterdrückt.

PETER

Un´ damit du endlich uffhörsch zu quatschen. Los gehts.

13

*Wir hören die Geräusche rund um das Ranger-Haus: Die
Vögel, die Kühe, das Wasser. Elke und Opa werfen
Gerümpel vors Haus.*

ELKE

Meine Güte. Was hier alles rumliegt. Und hier sind wirklich
die Flößer vorbeigefahren?

OPA

So war´s. Des isch a alte Flößerstub.

ELKE

Schade, dass sie heute nicht mehr kommen. Dann wäre
wenigstens was los.

Wir hören ein fernes Rufen. Es ist die Stimme von Karle.

KARLE

Floßstube, Achtung!

ELKE *(ungläubig)*

Das glaube ich nicht ... eine Fata Morgana! Opa! Da kommt
ein Floß.

OPA

Du hosch wohl Fliegenpilz ´gessa.... Nei! Des gibt´s jo nit...

KARLE

...Flößerstube! Ihr müsst uns helfa. Des verdammte Ding
a´halte. D´ Ranger! S´isch was passiert!

OPA

Schnell, Kind, komm.

Wir hören, wie die beiden zum Bach laufen. Jemand wirft ein Seil. Jemand ruft "Festhalten" und "dort um den Baum binden". Wasser spritzt. Die Männer springen vom Floß. Aufgeregtes Rufen und Durcheinanderreden. Bis Opa der Kragen platzt.

OPA *(schreit)*
Ruhe! Himmelherrgottsakra, Ruhe! Nur einer schwätzt! Was isch passiert?

KARLE
Do war 'n Ascht. D´ Fridolin hots vom Floß g´fegt, so schnell hosch gar nit gucka könne. Un´ glei unters Wasser druckt, mit d´ Baumstamma driaber. D´ Ranger isch hinterher g´hoppst. Aber no ... no hemmer nix mehr g´seha. Von beida nit. Un´ mir hen jo nit anhalta könne.

OPA
Pfundskerle sin´ ihr, einer wie d´ andere! Los! Du rennsch ins Dorf, holschd Ärztin. Du alarmiersch d´ Bergwacht. Karle, du nimmsch a paar Leit und gosch d´ Bachlauf nuff. Die andre kommet mit mir.

ELKE
Und was mache ich?

OPA
Häng dich ans Telefon ... dei Mutter soll komma... wo immer sie au schteckt.

ELKE
Glaubst du, dass Daddy...

OPA
Nur koi Angschd. Dein Daddy isch zäh. Den kriagt mo so schnell nit klei.

14.

Wir hören das Schnaufen und Ächzen von Peter, das Stöhnen von Fridolin. Äste brechen, als sich Peter mit seiner schweren Last einen Weg bahnt. Manchmal kann er auf dem steilen Weg kaum das Gleichgewicht halten. Wir hören, wie er ausrutscht.

PETER
Durchhalta, Fridolin. Du musch ... durchhalta ... muss selber ...durchhalta.

Mühsam stapft er weiter.

PETER
...kann nimmer ... los Peter ... noch ´n Schritt ... noch einer ... säll Bluat ... überall säll ... Bluat.

Wir hören, wie Peter fällt. Sein Atem geht stockend und wir haben das Gefühl, er setzt ganz aus.

15.

Wir hören Lachen, das Klirren von Gläsern.

VON FALCKENECK
Und dann hab´ ich zu dem Bauern gesagt: Dafür bekomme ich auch noch die Südlage. Hat er gestrahlt von einem Ohr zum anderen und eingeschlagen. Und so kam ich für kleines Geld zum großen Wein. Der Dummkopf hat gar nicht gewusst, was seine Reben wert sind.

GUNDULA
Unglaublich!

Die Tür geht auf.

VON FALCKENECK
Frau Lotter, ich sagte doch, keine Störung.

FRAU LOTTER
Ein Anruf. Für Sie.

Gundula nimmt das Telefon ab.

GUNDULA
Elke? Oh, mein Gott! Ich ... komme sofort. *(Sie legt auf)*
Hugo ... etwas ... ich muss sofort los.

Wir hören, wie sie aufspringt und das Zimmer verlässt.

FALCKENECK *(ruft ihr hinterher)*
Gundula! Was ist passiert? *(zu Frau Lotter)* Wer war denn
dran, zum Teufel?

FRAU LOTTER
Ihre Tochter.

VON FALCKENECK
Ach, Kinder. Warum müssen die auch immer stören. Besser,
man hat keine. Haben Sie welche, Frau Lotter?

FRAU LOTTER
Ja. Drei!

Sie knallt die Tür hinter sich zu.

16.

Wir hören die Waldgeräusche. Sonst ist alles ruhig. Dann hören wir jemanden mit einem Schrei auffahren. Es ist Peter.

PETER

Verdammt. S´isch dunkel. Fridolin? Fridolin! Mach d´ Gosch uff.

Wir hören ein Stöhnen.

PETER

Gott sei Dank! I han scho denkt. War oh´mächtig. Mir müsset weiter. Halt dich an mir feschd. So isch´s guat.

Er steht auf, stöhnend vor Schmerz und Anstrengung.

PETER

Aah. Hosch no des Holz? I ... ka au eins brauche.

Er beißt auf ein Holz.

PETER *(mit Holz im Mund)*
Muss ´Teufelsklinge finda. Dort isch a Stroß.

Er stapft los. Wir hören eine ganze Zeitlang nur das Brechen von Ästen.

PETER *(mit Holz im Mund)*
Lichter! Do sin Lichter! Hallo.

Er spuckt das Holz aus.

PETER
Hallo!!!! Do rüber! Do rüber!!!!!

*Jetzt hören wir Stimmengewirr. Darunter Opas Stimme:
"Do drüba!" Schritte kommen näher. Jemand sagt:
"Schnell. Helft ihm!", "Fasst mol an", "Legt ihn hier ab,
vorsichtig!"*

OPA *(gerührt)*
Mensch, Peter ... dich kann mo au wirklich kei Sekund aus
d´ Auge lasse.

PETER
Sollsch du ja au nit, Papa.

*Wir hören das Knattern eines Hubschraubers.
"Die Bergwacht!" ruft ein Mann. Ein anderer: "Gebt
Leuchtzeichen!" Der Hubschrauber kommt näher und setzt
zur Landung an.*

OPA
Hosch jo nomal Glück g´habt, Bua. Un´ jetz´ kriagsch ´n
scheene Freifluag ins Krankahaus.

17.

*Wir sind im Krankenhaus, hören das Piepsen von
Apparaten. Eine Tür öffnet sich.*

PETER
Fridolin?

FRIDOLIN
Wie seh i aus?

PETER

Wie ´n Flößer ... der ´n ausgwachsena Holländerstamm uff d´
Dez kriagt hot.

FRIDOLIN

Was isch mir dir?

PETER

Nur a paar Kratzer. Nit der Red wert.

FRIDOLIN

Schlüsselbeinbruch, acht Zentimeter lange Rißwunde am
Kopf. Hot die liebe Schwester Susanne g´sagt. Eins isch klar:
S´ Lüge lernsch du nie... Peter?

PETER

Hm?

FRIDOLIN

Danke. Ohne di...

PETER

... jetzt wirsch jo scho wieda sentimental.

Die Tür geht auf. Schwester Susanne kommt herein.

SCHWESTER SUSANNE

Herr Förstner. Sie dürfen doch gar nicht aufstehen. Ihre
Frau ist hier.

PETER

Gundula? Ich komm!

Er folgt der Schwester.

FRIDOLIN *(ruft hinterher)*

Verlass dich drufff. Aus deim Haus mach i a Schatzkästle.

PETER

Jo, jo. Komm erschd mol wieda uff d´ Füß.

Er schließt die Tür hinter sich.

PETER

Gundula.

GUNDULA

Peter.

Für einen Augenblick herrscht Schweigen. Dann reden beide gleichzeitig.

PETER UND GUNDULA

Es tut mir leid, dass...

Sie lachen. Dann wieder zusammen.

PETER UND GUNDULA

Du zuerst.

Wieder Lachen.

GUNDULA

Ich hab mich total bescheuert benommen.

PETER

Und ich ... wie ´d letschd Hinterwäldler. Bisch mo wieda guat?

GUNDULA

Und du mir?

Peter nimmt sie in die Arme. Sie küssen sich lange.

PETER

Isch des rächt als Antwort?

GUNDULA *(dahin schmelzend)*

Neiiiin. Ich brauch noch ein bißchen Nachhilfe ... Herr Schwarzwald-Ranger.

PETER

Säll kansch habe ... Frau Rangerin.

Wir hören, wie sie sich küssen.

ENDE

Der Gockel

Ein Hörspiel
von
Daniel Oliver Bachmann

Der badisch-schwäbische Hähnekrieg

Der Gockel

Hörspiel von Daniel Oliver Bachmann

Der Gockel

Uraufführung: 13.10.2001

Aron	*Jo Jung*
Großbauer Langenbach	*P. J. Kemmer*
Lisa	*Stefanie Ströbele*
Max	*Frank Stöckle*
Rocky	*Hubertus Gertzen*
Langer Dunninger	*Bernd Gnan*
Schatullen-Toni	*Berthold Biesinger*
Lorenz aus den Buchen	*Peter Schurr*
Hafner Sigger	*Norbert Laubacher*
Zigeuner	*Markus Gehrlein*
Chor der Hühner	*Frauenchor Tübingen*
Buch	*Daniel Oliver Bachmann*
Regie	*Günter Maurer*
Regie-Assistenz	*Bettina Dapp*
Technik	*Matthias Neumann*

*Wir befinden uns in einer Legebatterie und hören sehr lau-
tes, aber auch sehr unmelodisches Krähen. Fast klingt es
wie Stöhnen und Ächzen – kein Wunder, werden die Hühner
von Großbauer Langenbach auch zu Höchstleistungen ange-
trieben. Doch dann wird aus dem Gackern und Krähen nach
und nach ein Chor. Es sind zuerst nur einige Stimmen, die
entstehen. Dann werden es immer mehr. Es ist der Chor
der Hühner, der hier singt. Und er singt auf die Melodie
des Gefangenenchors von Nabucco:*

CHOR DER HÜHNER *(singt)*
Legt die Eier und legt sie im Akkord
murrt nicht rum sonst schafft er euch fort
Bauer Langenbach hat ein Herz aus Stein
dreht dir den Hals um, wie gemein, oh wie gemein.

*Darüber erhebt sich die Stimme von GOCKEL ARON, als
würde sich Pavarotti persönlich unter den Hinter-
lehengerichter Liederkranz mischen.*

GOCKEL ARON *(singt)*
Mädels krämt euch nicht, ich bin da
schütze euch vor jedrer Gefahr
hat der Bauer auch ein Herz aus Stein
seine Lisa ist eine Jungfrau so rein *(alle Hühner)* so rein.

Und das triumphierende Kikeriki von Aron erklingt.

ARON
Hen Sie des g´hört? Des bin i. An echt badischer Gockel uff
´nem schwäbische Baurahof. Alá – guut. Mi Name allei isch
a Gedicht. Aron Friedrich David Casper von und zu Hohen-
ramstein wurd mir in die Wiege gelegt. Die, so wiit von hier,
im herrlichen Baden stand. Ach – Hiimat! *(singt)* Baden ist

ein schöner Garten, der die besten Früchte zieht, Tausend
sind, die seiner warten, die bewirken, dass er blüht.
(spricht). Was mich verschleppt hat, ins tiefste tiefe
Schwaben, fragen Sie? Ach, fragen Sie nit. Alá - guut. Es
war wohl der kalte Ostwind, den wir Badener nit umsonst
den Schwabenwind nennen. Der brachte mich zum Fridolin
Langenbach uff sin Hof. Alá - guut, Großbauer in Wurmberg
ischer, in dem Ort also, den mir in Baden ´s Schwäbisch
Sibirien heißat. Aber still - vor den Wibervölkern darf einer
wie ich nit jammern. Sonst verlieren sie d´ Mut zum
Eierlegen. Und dann gnade ihnen Gott. Der Großbauer isch
gnadenlos ... pst! ... da kommt er!

*Wir hören GROSSBAUER FRIDOLIN LANGENBACH über das
Geschrei der Legehennen krakeelen.*

LANGENBACH

Dondersblitz, wo zum Herrgottseckel nomol steckt die Jong
schon wieder?

ARON

D´ Jong – des isch d´Lisa, sei Tochter. Alá – guut, die Arme.
Ganz verliebt isch se in de Max. Aber d´ Großbauer ver-
bietets, weil d´ Max isch jo nur sein Huusknecht. Awa,
Huusknecht, Unterunterhuusknecht ischer. Der arme
Schmachtlappe: Über beide Ohra verguckt in die Lisa hot
er sich un´ isch kein Gürtelischisser, alá - guut. Vor nix und
niemand hot der Angst. Nur in Sache Liebe isch er an argen
Drülli. Deshalb isches au zum großen Hähnewettkrähen
kuuma. Wo die Lisa und der Max – aber halt! Nix verroten.
Oh, so sind mir halt, mier Badener. Immer schneller
schwätza als denke. Dabei fängt die G´schicht erscht a. Und
zwar mit mir, wie sich´s gehört:

2

Wir hören ein klägliches Krähen – ganz eindeutig Aron,
aber nicht mit der Wucht wie vorhin. Außerdem das
Klappern und Klingeln von Wagen des fahrenden Volkes.
Das Zupfen an einer Gitarre - Lachen und fremdartige
Lieder – einige Männer, die etwas in einer unverständ-
lichen Sprache rufen. Darüber die Stimme von Max und
das gebrochene Deutsch eines ZIGEUNERS.

MAX

Willsch wohl uffhöre, mit d´ Flügel z´schlaga, du lommeliger
Allmachtsbachel. Wenn die d´ Bauer so sieht, haut der
d´ glei d´ Riabel raa. Also ich geb fünf.

ZIGEUNER *(einschmeichelnd)*

Ah, libär Freund, is är ein schtolzer Hahn, macht är alle
Hännen gliecklich. Is er nur ein bissele rüpfig, is er bald so
schän wie Prinz. *(entschlossen)* Fünfzehn!

MAX

Fünfzehn? Hondsliadrig sieht der Rupfer aus. Zehn. Mei
letschtes Wort.

ZIGEUNER

Sagt er zähn, sagt er zähn? Sagt er zähn! Is er Hahn Känig
in Stall, für zähn? Näää. Is är ein armes Bürschäl. Aber ich
für Hahn sprächä, ich nur sein Bästäs wollä: Sag er zähn,
sag ich.... *(entschlossen)* achtzehn! Was sagst är?

MAX *(verwirrt)*

Ähm. Also dann, sag ich ... zwölf.

ARON

Jummernei, wenn´s ums Gschäftli g´hot, do isch mei Max an
Hamballi der ersten Güte, alá – gutt.

ZIGEUNER

Sagt er zwälf, gutär Freund, sagt er zwälf? Sagt er zwälf!
Sag ich … zwanzig.

MAX *(noch verwirrter)*

Wie, was? Also gut. Zwanzig. Aber koin Pfennig mehr.

ZIGEUNER

Gutär Freund, hast du gemacht großäs Gäschäft. Gockel
heißen Aron. Wirst du langä Zeit große Fraide mit habän.

*Wir hören Geld klimpern, dann entfernen sich die Wagen
der Zigeuner. Von weit entfernt hören wir Langenbach
fluchen, und seine Stimme kommt schnell näher.*

LANGENBACH

Runter vom meim Grundstück, elende Bruat. Machet, dass
ihr wegkommt. I hetz die Hund …

ARON

Alá – guut. Irrtum vom Amt. Am Max si Freud dauerte nit ei
Minut.

LANGENBACH

… ja Himmelherrgottsakrament, was isch ´n des für ´n zer-
rupfter Lumpasack?

MAX

Des isch … d´ Aron.

Aron kräht. Ein eindeutig badisches Krähen.

LANGENBACH

An Gelbfüaßler. Uff meinem Hof! Niemals! Fort mit dem
Flädrawisch.

MAX

I hab nur zwanzig zahlt.

LANGENBACH

Zwanzig? Ja hen mir an Geldscheißer? Was d´ Bauer in
d´ Hosetasch heimbringt, drägt d´ Knecht im Kittel wieder
naus? Ha, du bisch doch z´räs zom Rüaba ropfa. Fünf sind
do no z´viel für so ´n Krätzer. I sag, weg mit sällem
Pfluderer.

MAX

Niemals! Wenn der ganga muss, gang i mit.

*Plötzlich ist völlige Stille. Dann lacht Langenbach ein sehr
böses Lachen.*

LANGENBACH

Des sag´sch mir nit zweimal. In a paar Dag isch Martis-Tag,
un´ i verding´ mir schnell ´n neia Underunderhausknecht.
Do landesch wieda do, wo er na´ghörsch. Uff ´d Gass! Merk
d´ oins: Omsonscht isch dr Tod, und dear koscht´s Läba.

ARON

Amen!

LANGENBACH

Hot der Gelbfüßler wos g´sagt?

MAX

Großbauer! Des isch ´n Hahn. Der ka nit schwätza. Der ka
nur kräha.

Aron kräht. Badisch, und ziemlich unmelodiös.

LANGENBACH

A Schand. A Schand für jed´n schwäbische Baurahof. I sag´s
dir Fädrawisch, du kommsch mir einmal krumm, dann liegt
dein Riebel schnäller uffem Schpaltklotz als du dreimal
kräha kannsch, hosch me?

ARON

Klar, du Giftniggel. Alá - guut.

LANGENBACH

Der hot doch wos g´sagt?

Aron kräht. Es klingt wie ein Lachen.

LANGENBACH

Verrecktes Fädravieh, verrecktes.

ARON

Was will i saga? A echt schwäbische Begrüßung. Da will mo
doch glatt naus, wo kein Loch isch. So also kam i in des
gaschtliche Haus vom Großbauer Langenbach. Und do, meine
Lieba, wird ümebölderet, dass es eim Appetit und Schtimm
verschlogt. I hab denkt, des verläbe nit. Aber dann hab i
d´ Lisa kenneglernt. A liabs Maidli, un´ domols noch ´n
ächtes Gras-Äffli. Wie? Ihr wissat nit, was a Gras-Äffli isch?
An Backfisch. A Jungferle, a lá - guut. Eine, bei der no
keiner s´ Bändele uffgschnüret hot. Allerdings isch d´ Max
schon feschdi am aabändele gwää. Dasses am End in meina
Kralla g´läga isch, dass die beida – aber halt: faschd hätti
schon wieder … . Mi verdammte badische Plappergosch.

3

Wir hören die Hennen gackern. Nach einer Weile erheben sich wieder Stimmen und es klingt, als ob sich ein Chor einsingt. Darüber Arons Stimme.

ARON
Und jetzt im Takt. Eins, zwei, drei und vier.

CHOR DER HENNEN *(singen)*
Gockelisepp, Gockelisepp
uf Sonneschi kommt Rege
wenn der Rusch verschlofe isch
no tu´ m´r wieder säge

ARON
Erika, fix-Dunnerwetter! Vierviertel-Takt, nit dreiviertel. Du singsch wie du Eier legsch!

Erika gackert aufgeregt.

ARON
Und jetzt im Kanon. Eins, zwei, drei und vier.

Der Chor der Hennen singt im Kanon. Darüber Arons Stimme.

ARON
Hab mich dann doch schnell i´gelebt. I weiß nit, ob Sie sich des vorstelle kännet: Ein Hahn under 300 Henna? Do müsset Se Stärke zeiga. Sonsch isch Matthä am Letschta.

ARON *(streng)*
Erika! Ja, do Daudli! Vier-vier-tel! Bleibsch nochher do. Für uns zwei wirds Zit für a klaines … Sondertraining.

Erika gackert noch aufgeregter.

ARON

Verschtehed Sie jetzt, was ich mein? So ´n Leben als Hahn isch anstrengend. Da bruchsch Disziplin im Hühnerstall. Nur Disziplin ka di retta. Oh, d´ Max kommt. *(befehlend)* Hühner! Fertig machen zur Begrüßung.

Wir hören, wie die Stalltür geöffnet wird und Max rein- schlurft. Gleichzeitig beginnt ein Gegackere, dass es eine Pracht ist.

MAX

Isch jo guat, isch jo guat. Sälle Hennen sin´ viel uffg´weck- ter, seit dua dau bisch, Aron. Und lega den se au besser. Nur d´ Bauer, säller g´schuckte Klammerhoka, will des nit säha.

LISA *(flüsternd)*

Max! Max!

MAX

Lisa! Was mechschen dau bei de Henna?

Im nachfolgenden Dialog wird das Gegackere der Hennen immer leiser, als würden sie den Atem anhalten und zum Schluss gespannt (und erschrocken) dem verhinderten Liebespaar lauschen.

LISA

D´ Vadder hät g´seit, dau willsch davonlaufa. Und er wird uff Märti älleweg an neia Hausknecht finda.

MAX

Des hanne net so g´meint. Säller alt Bäfger...

LISA

...Max!

MAX *(einschmeichelnd)*

Säller guat Ma, der d´ Himmel weiß wia an Sonnaschei wie dich in d´ Welt g´setzt hot *(vergisst sich wieder)*... säller alt Bäfzger macht mir s´ Läba zur Hell. Dabei wär ohne mi d´ Hof scho lang d´ Heckabusch na. Un´ wie er sälle Viacher behandelt. Do, die Hüahner, in d´ Legbattrie, säll dud mir im Herza weh.

LISA

Mir au, des weisch doch. Aber wenn du goasch, was wird ´n dann aus uns?

MAX

Aus uns ka doch nix wära. Mit sin under ´am u´glücklicha Schtern gebora.

LISA *(schluchzt)*
Max! Sag dau sowas net!

Aron kräht laut.

ARON

Un´ des, miene Herrschaften, war d´ Moment, wo i mich g´fließentlich gezwungen sah, ins Schicksal izugreife.

Aron kräht immer lauter. Und dann:

ARON

Lass d´ Kopf nit hänga, Maidli. S´ wird a Lösung gää, s´gibt immer ine.

LISA *(überrascht)*
Hot der Hahn grad was g´sagt?

MAX
Der kann nit schwätza. Der kann nur kräha.

Aron kräht wie ein Weltmeister.

MAX

Säll aber wie ´n Weltmeister.

LISA

Max!!! Säll isch vielleicht d´ Lösung? S´ isch doch Märti!
Un´ zum Märti-Märkt isch älleweg s´ große Hähnewettkräha.
D´ Vadder isch Titelverteidiger seit vielna Johr. Du muaschn
rausfordre! Mit ´m Aron!

MAX

Aber Lisa, was schwätz ´n dau? Am Großbauer sein Rocky
isch unschlagbar. Säll weiß doch jeder.

LISA

Lass d´ Riaßel net rahänga, Max. S´ wird a Lösung gäa,
s´gibt immer oine.

MAX

Aber d´ Rocky isch net zu schlaga. Im ganza Läbe net. Net
d´ Rocky.

ARON

Rocky. ´S isch wohl an d´ Zit, a paar Worte über d´ Rocky zu
verliera. *(heftig)* Über d´ größt Uffschnieder und Idipfele-
schießer, der mir mi Lebtag überkumma isch. Aber höret se
sälber:

4.

Wir hören das Gegackere von Hühnern und dazwischen die
schneidige Stimme von Rocky.

ROCKY

Hühner! Im Gleichschritt – gackern!

Das Gackern der Hühner wird synchron.

ROCKY
Im Gleichschritt – eierlegen!

Wir hören ein vielfaches Plumpsen, als die Hennen gemeinsam ihre Eier legen.

ROCKY
Im Gleichschritt – singen!

Die Hennen und Rocky singen, wie wir es von amerikanischen GIs kennen: Ein Vorsänger und dazu ein Chor atemloser Stimmen.

ROCKY
Wer in die Top 100 will.

HENNEN
Wer in die Top 100 will.

ROCKY
Muss durch den Top 100 Drill.

HENNEN
Muss durch den Top 100 Drill.

ROCKY
Wer das überleben tut.

HENNEN
Wer das überleben tut.

ROCKY
Wird als Henne richtig gut.

HENNEN
Wird als Henne richtig gut.

ROCKY

Rockys Hennen, die sind klasse.

HENNEN

Rockys Hennen, die sind klasse.

ROCKY

Bauer Langenbach macht Kasse.

HENNEN

Bauer Langenbach macht Kasse.

*Langsam fadet das Lied aus. Darüber ein Stoßseufzer
von Aron.*

ARON

An echte Blockwart-Gockel, alá-guut. Hot no nie was g´hert
von Emanzipation in d´ Legebatterie. Für den sind d´ Wiber
Maschina – nur zum Eierlega gut. Gli an mim erschd´ Dag
uff em Hof sin´ mo z´sammegrasselt.

*Wir hören vereinzeltes Gackern und die entfernten
Geräusche eines Bauernhofes. Auch Aron kräht vor sich
hin und summt das uns schon bekannte Lied "Baden ist
ein schöner Garten, der die besten Früchte zieht, Tausend
sind, die seiner warten, die bewirken, daß er blüht."
Er erschrickt, als ihn Rocky von hinten anbrüllt.*

ROCKY

Aaaaachtung! Neuer Gockel – stillgestanden!

ARON

Alá – guut. Wer bisch denn du?

ROCKY

Rocky, Feldmarschall der 1. Legebatterie in der Eierlege-
kaserne Langenbach. Und du schreibst dir gleich hinter die
Federn. Das Singen im Dienst ist nur der Kommandantur
erlaubt. Ist das klar?

ARON

(zu sich) Ha, so in Galli hab i mi Läbtag... *(laut)*. Aron,
Feldmarschall der 2. Legebatterie. Ebenfalls Kommandatur.
Wird deshalb singen, wie es ihm beliebt. Un´ wenn mir grad
dabie sin: Mir zwoi sind nit per du. Mir hen no kine Säu
mitnander g´hütet.

ARON

Und domit ging d´ badisch-schwäbische Kriag los.

ROCKY

So? Na dann! Siiiiee ... Semsakrebsler, Sie!

ARON

Sie Blutsueger!

ROCKY

Sie Häfelesglotzer!

ARON

Sie Brieschi, Sie Brötschi, Sie Brüellari!

ROCKY

Sie ... Sie Schellabärmel!

ARON

Sie Klemmerligstell, Sie Brunzgschirr, Sie Fuulänzer,
Sie Nidigucker, Sie Mutschischopf, Sie Schnuderlumpe,
Sie Gnegsi, Sie Hemdglonki, Sie Ämpelilöter...

Arons Stimme fadet aus. Darüber:

ARON

Was soll i saga: Bei d´ Schimpfwörter sin mir Badener
d´ Schwoba i´fach über. Alá-guut. Aber e g´wonnene
Schlacht isch kein g´wonnene Krieg. A paar Dag später hot
d´ Rocky z´rückschlaga.

Wir hören Hennen gackern.

ARON

Mir waret grad mitten im Proba. Sie wissat ja, Henne leget
besser, wenn se singat. Deshalb muß jeder Hahn, der
Kommandant si will, au ´n guater Chorleiter abgäba.

*Aus dem Gackern werden wieder Stimmen. Sie singen das
Lied:*

ARON

Herbei, herbei, zu meinem Sang
Beate, Daniel, Silke Stoffel
ARON UND CHOR DER HENNEN
und singt mit mir das Ehrenlied
dem Stifter der Kartoffel.

ARON

Franz Drake hieß der brave Mann
der vor dreihundert Jahren
ARON UND CHOR DER HENNEN
Von England nach Amerika
als Kapitän gefahren

ARON

Grundbirnen, frisch vom Sud hinweg
dazu ein Bällchen Butter

ARON UND CHOR DER HENNEN
das ist, nicht wahr, für Mensch und Huhn,
ein delikates Futter.

*Schon während der zweiten Strophe hören wir von fern
störenden Zwischengesang: Es sind Rocky und seine
Hennen, die ihr Marschlied "Wer in die Top-100 will"
singen. Sie kommen näher, und als die dritte Strophe des
Kartoffelliedes vorüber ist, kann man nur noch das
Marschlied hören. Darüber Rockys befehlende Stimme:*

ROCKY

Hennen – stillgestanden. Rechts um. Augen – gerade aus.
Rührt Euch.

Wir hören Geraschel von Federn.

ROCKY

Na, Sportsfreund, fleißig am Üba? Vergiss es, aus dem
Haufen wird im Läba nia ein anschtändiger Chor. Und eier-
legtechnisch sin ihr uns um Lichtjohr hintendrei. S´ wird
nimme lang daura, un´ d´ Großbauer macht Tabularasa.
Dann ka ma mo wieder a paar Hundert kopflose Henna
durch d´ Gegend renna sähe. Un oin kopflosa Gockel.
(Er lacht hässlich) Hosch me, Gelbfüaßler?

ARON

Schwobakopf!

ROCKY

Schofseckel!

ARON

Du Zehnischlöfer denksch, mir kennat eich im Singa nit
übertrumpfa? Do hosch di aber g´schnitta, du Schnuderlumpe! Maidlis, zeigen mirs dem Jomerlappe. Mir badisch

Hähn sin´ gebore, um frei zu sei. Für d´ schwäbisch Hahn
aber gibt´s kei größers Glück, als d´ Herra zu dienen.
Alá - guut!

Und gleichzeitig stimmt der Chor der Hennen an:

CHOR DER HENNEN

Jetzt ist die Zeit und Stunde da
Wir ziehen jetzt nach Baden da
Wir Hennen sind schon längst bereit
Nach Baden ziehen wir mit Freud

ARON

Und singen laut Viktoria
Wir kommen jetzt nach Baden da
ARON UND CHOR DER HENNEN
Wir picken unsre Körner fein
Und lassen Schwaben Schwaben sein

ROCKY

Jetzt bring i dich um!

Rocky fällt über Aron her. Wir hören das Kampfgetümmel
der beiden Hähne, das erschrockene Gackern der Hühner.
Und dann das laute Organ von Bauer Langenbach!

LANGENBACH

Aus´nander, ihr Kreizteifel. I könnt euch älle beide ...
was soll ma au mache, wenn´s Kend koin Hendra hot, uf dr
Bauch derf mos net schlaga. Dau! Dau badischer Gsälz-
frässer! Dau bringsch mir net länger U´ruh in d´ Betrieb.
I weiß, dass ihr älles Kommunischten sin, do unten im
rheinischa Sumpfland. Aber d´ Badisch Revolution isch
schon domols d´ Heggabusch na, und säller Hecker un sein
Huat hät noch ´z Amerika g´müßt. Dau drucksch mo koin
Schpreißel in d´ Kuddla. I schperr di hondsliadriger Dänger

uff ´d Biehne, bis du koin Gäggser meh machsch. Und dau Rocky, bringsch mir sällen maroda Lade uff Vorderma.

Aron kikerikit, doch es erstirbt rasch, als Bauer Langenbach ihn am Hals packt und mitschleift. Wir hören noch Rockys höhnisches Lachen, und sein Befehl: "Habt ihr nicht gehört, ihr G´socks? Antreten, marsch, marsch. Augen gerade aus..." Die Schritte von Bauer Langenbach poltern ins Haus und dann dumpfer werdend in den Keller.

LANGENBACH

Awa, Biehne isch no z´guat, in d´ Keller komsch dau nei, bis dir d´ Gränd schnaggelt.

Eine Kerkertür öffnet sich, Langenbach schmeißt Aron rein, die Tür knallt zu. Zahlreiche Schlösser werden zugedreht und verriegelt. Langenbachs Stimme draußen klingt gedämpft.

LANGENBACH

Do bleibsch, bisser vernünftig bisch. Oder vo´ mier aus, bisser verrecksch.

Wir hören Aron leise krähen. Es klingt traurig und einsam.

ARON

Bauer Langenbach. Für ihn ischs Wib a Gattung, kei Persönlichkeit. Aber für ´n badischa Gockel wie mi – ach, was für ´n Hundeläba im schwäbischa Sibirien. Weder Wasser no Körnli, von em badisch Gutedel ganz zu schweiga.

Leise und traurig beginnt er zu singen:

ARON *(singt)*

Auf einer Wiese stehen

ach muß das köstlich sein
um Korn um Korn zu picken
im badisch Ried, ja dort am Rhein

In Schwaben eingekerkert
sieche ich so vor mich hin
oh gib mir Kraft zu sterben
das Leben macht kein Sinn.

*Wir hören, wie Riegel und Schlösser an der Tür geräusch-
voll geöffnet werden. Dazu dumpf und von weit her das
Gefluche von Max.*

MAX

Ema Arme fehlt vieles, ema Geizige älles. Sällen Großbauer
holt d´ Deifel au mol pfundweis.

*Die Tür geht auf, Aron kräht freudig, Max kommt in den
Keller. Seine Stimme hallt.*

MAX

Aron! Heiliger Strohsack, du siehsch jo aus wie´s Kätzle am
Bauch. Komm fei zum Herrle.

ARON *(pikiert)*

Alá – guut, würds d´ was uusmache, mi nit wie a´
Chrischtkindle zu behandla?

MAX

Hosch dau was g´sagt? I moin ämmer, säller Hahn schwätzt.

ARON

S´wär schö, Huusknecht, tätsch mi jetzt an die frisch Luft
bringa.

MAX

Des macht mi no ganz lällebäbbig. Als ob er schwätza

kennt. Komm! Was du jetz brauchsch, isch frische Luaft.

ARON

Mine Rede.

MAX

Hosch was ... ? Awa! Wer long frogt, goht lang irr.

Wir hören ihn wegschlurfen und Aron lachend krähen.

5.

*Wir sind in der Nähstube des Bauernhofs. Wir hören Lisa,
die an einer Nähmaschine sitzt, die einmal mehr, einmal
weniger, rattert und summt.*

ARON

So. Jetzt wisset ihr, wer d´ Rocky isch. Und weshalb d´ Max
denkt, des kann nit gut ganga mit dem Rausfordera zum
Hahnewettkrähen. Denn d´ Rocky isch...

MAX *(mit Nachdruck)*

Weltmeischter, Lisa.

ARON

Und zwar...

MAX *(mit Nachdruck)*

... u´a´g´fochta!

ARON

Meine Rede, alá – guut. I war da auch nit dafür. Aber wie
isch´s im Läba? Männer denket, Fraue entscheidet.

LISA

Lasset net d´ Riaßel rahänga. Älle beide. S´ wird scho
a Lösung gäa. S´gibt immer oine.

ARON

Maidli, des isch mein Satz. Do hab ich´s Copyright druff.

MAX

Hot er was g´sagt?

LISA

Vielleicht. Und wenn du schwätza kannsch Gockel, na kasch
au kräha. Und solang mor kräha ka, isch d´ Kirch net aus.
Äller guat?

ARON

Maidli, des heißt alá – guut.

LISA

Sag ich doch: Äller guat!

Und sie gibt Volldampf auf der Nähmaschine.

6.

Wir sind im Stall und hören vielstimmiges Schnaufen,
Schnarchen, hin und wieder leises Gaggern, wohliges
Grunzen. Von draußen schlägt eine Kirchturmuhr:
Eins, zwei, drei. Darüber Arons Stimme.

ARON

Und so sin mir in d´ sälbe Nacht ins Kräh-Trainingslager
zoga – mi lieber Herr Gesangsverein. Für ´n Gockel, der
si Läba nix anders g´macht hat, war des älles ändere als

a G´sellsgschleck. Sonscht hab i morgens ab sechs kräht.
Aber jetzt – die Lisa war unerbittlich.

*Die Stalltür öffnet sich quietschend, Schritte kommen
näher. Gleichzeitig hören wir das nervende Piepsen eines
Weckers. Einer von der unerquicklichen Sorte, die immer
lauter und schneller piepsen.*

LISA *(flüstert)*
Aron? Pst, Aron! Aufwacha! Zeit au fürs Training.

MAX *(flüstert)*
Der pennt wie ´n Siebenschläfer.

Wir hören Arons Schnarchen, das Piepsen des Weckers.

LISA *(flüstert)*
Aron!!! Hört nix.

MAX *(flüstert)*
Will nix hören. Gib mir sälle Weckletüüt. Des hemmer glei.

*Wir hören, wie Max eine Tüte aufbläst und mit dem Schlag
seiner Hand zum Platzen bringt. Ein schrecklicher Knall.
Aron schreckt hoch, kikerikit und gluckst, gleichzeitig
wachen alle Hennen auf. Das Gegackere ist fürchterlich.*

LISA *(ironisch)*
Großartig, Max. Des war wieda ganz großartig!

MAX *(aufgeregt)*
Pst! Pst! Ihr sollet weiterschlofa. Nimm du d´ Aron, i
beruhig d´ Henna.

*Wir hören ihn durch die Legebatterie stapfen und leise
singen. Während er singt, werden die Hennen schnell
ruhiger und fangen an zu schnarchen. Wenn er fertig ist,*

schlafen sie alle wieder.

MAX *(singt mehr schlecht als recht)*
Schlaf, Henne schlaf. Dein Vater ist ein Schaf. Die Mutter schüttelts Bäumelein, fällt herab ein Träumelein, schlaf Henne schlaf.

Aron kikerikit ganz leise vor sich hin und gluckst.

LISA
Du hosch'n vo'schreckt. Er hot 'n Gluckser.

MAX
Am beschden, nummol vo'schrecka.

LISA
Understeh dich! Komm lieba do raus!

Die beiden verlassen die Scheune und schließen das Tor.

LISA *(kichert)*
Schlaf, Henne, schlaf. Hot mo so was scho mo g'hert?
(ernst) Do 'nüber. Gemmer zu mir.

MAX
Abr Lisa! I kann doch net in dei Schtub. Mir hen doch ... mir sen doch ... mir wellat doch erscht...

LISA
Jetz' isch koi Zeit zum Diskutiera. Mei Schtub isch am weitschten weg vom Vadder soim Schlofzämmer. On was des "mir hen doch, mir sen doch" o'geht: Hosch vergessen, was letscht Märti war?

MAX
Aber do war i do b'soffa, Lisa. Achtzehn Halbe. Des gilt doch nit.

LISA

An Kuss isch an Kuss. Komm jetzt!

Wir hören, wie sie den Hof überqueren. Plötzlich bleibt Lisa stehen.

LISA

Un´ dass du mi liab hosch? Hosch des au nur g´seit, weil´er b´soffa warsch?

MAX *(entsetzt)*

Lisa! Ich hab me nur traut, weil i b´soffa war.

LISA

Bisch jetz´ au b´soffa?

MAX

Morgens um drei?

LISA

Des isch kei Antwort.

MAX *(murrt)*

Nur ... oi Halbe duudelt. Zom Aufschtanda. Die war abr ... ganz kloi.

LISA

Dann sag´s.

MAX

Was?

LISA

Dasser me liab hosch.

MAX

Aber Lisa! Du weisch doch, i hon de wällaweg gern.

LISA

Gern isch nit liab. Sag´s!

MAX

Ich hon ... i hon ... i hon d´ liab...

LISA

... schee g´sait, Max...

Aber wo Max mal dabei ist, ist er noch lange nicht fertig.

MAX *(begeistert)*

...so fescht liab wie sälle Weckle, wo i backe tua am Morga, und so groß wie d´ Mond, wo do na scheint, un´ so nass, wia d´ Räga vom Himmel und so heiß wie ´d Backofa, der bullert, un´ so laut, wie d´ Hühner den schreia, wenn mo se rupft, und so tiaf wia onsere Jauchagruab, jo, so mechtig...

LISA

Max. S´däd au´ reicha.

MAX

...wia sälle Säu, die mo g´schlachtet hen letscht Mendig...

LISA

Max!

Wir hören, wie sie ihn küsst. Lange küsst. Danach muss Max tief Luft holen.

MAX

Lisa!!!

LISA

Un´ jetz ... wird trainiert.

MAX

Do moinsch, mir zwoi...?

LISA

D´ Aron.

ARON

Herrschaftszita, alá – guut. Dacht scho, ihr Türteltäubli hen
mi vergessa. *(gluckst)*

MAX

Hot der was g´sagt?

LISA

Das ´ser scho ganz scharf uffs Training isch!

7.

Wir hören die Musik "Eye of the Tiger" aus dem Film
"Rocky". Darüber, erst leise, dann immer lauter, die
Anfeuerungsrufe von Lisa ("Numal, Aron, numal") und
das Kikeriki Arons. Darüber Arons Stimme.

ARON

Mi Lisa. Mi Maidli. Mi Gras-Äffli. Mi Jungferle.
(heftig) Mi Kratzbürschd, mi Ploggeischt, mi Huusdrache
bim Training!
(gluckst)

LISA

Du sollschs Kräha, nit glucksa. Schneller! Lauter! So wirsch d´ Rocky nia schlaga. Was isch nur los mit dir? Kräha sollsch ällsfort!

ARON

(gluckst). A bös Wib und a bös Bett, des isch a Gfrett.

LISA

Hosch was g´sogt?

ARON *(ärgerlich)*

I doch nit. I ka nit babble. Ich ka bloß kräha. Und säll au nit so wia d´ Rocky, d´ Held. *(gluckst)*

LISA

Was macha mo nur gegen d´ Gluckser?

MAX

Dogega hilft dreimal trocka schlucka.

LISA

Meinsch an Gockel ka dreimal trocka schlucka?

MAX

Aron? Kasch du dreimal trocka schlucka?

ARON

(würgt) Imol. *(würgt)* Zwimol. *(würgt)* Drimol. Er isch weg. Viktoria! *(gluckst wieder)*. Oh, lällebäbb!

Aron kräht und gluckst. Besonders aufgeweckt klingt es nicht.

MAX

Vielleicht braucht er Doping?

LISA

Uffputschmittl?

MAX
Oiwoißderivat und Amphetamin-globulon-folsäura.

LISA
Woher woisch dau dös Zeugs?

MAX
Des ´s gibt d´ Bauer doch d´ Kia.

LISA *(entsetzt)*
Sag´s net.

MAX
Ond frisst´s au sälber.

LISA *(entschieden)*
Noi. I bin dagega. D´ Aron g´winnt au ohne Chemie.
Des wird ´n biologisch-dynamisch rausg´fochtena Sieg.
Wirsch ´s erläba.

MAX
Aba was mache mer gega d´ Gluckser?

Aron gluckst.

LISA
Dreht di amol um.

MAX
Wer? I?

LISA
Wer sonsch?

MAX
Aber...

LISA

Dau masch, was e´ dir sag ...

ARON

Da g´wöhnsch di au besser dra, wenn du des Maidli zur Frau
willsch.

MAX

Hot ´er was...?

LISA

Jetz´ guck scho weg.

Max dreht sich um. Wir hören Schmatzen und Küsse.

LISA

Fertig. Kasch de wieda umdrea.

Aron läßt ein Krähen hören, ein wahrer Schmetterer.

LISA

Siasch. S´ hot g´wirkt.

MAX

Wie hosch ´n des naboga?

LISA

Brauchsch net wissa. Was dau net woisch, macht dau net
hoiß.

*Aron kräht und hört gar nicht mehr auf. Darüber seine
Stimme:*

ARON

Mi Lisa. Mi Maidli. Mi Gras-Äffli. Mi Jungferle. Mi Jungferle?
Vergessets. Säll Feie hots faustdick hinter m´ Öhrli. Do ka
sich d´ Max uff einiges g´faßt macha. In sällrer

Hochzietsnacht brennt´s Bett, alá – guut. *(kichert)*

LISA

Und jetzt will i a Kräha höra. Koine Ausflücht. Sonsch geits heut Obend Gockelsupp.

ARON

D´ Äpfel fällt nit weit vom...

LISA

...i sag´s net zwoimal.

Aron beginnt zu krähen. Im ordentlichen Rhythmus, Kräher für Kräher. Max klatscht erfreut.

MAX

Hört sich guat a, hört sich guat a.

LISA

Nix isches, wenn mr dr Hond zom Jaga traga muaß. Des Gekrähe isch doch Kreisklass. Mir wellat Bundesliga kräha, mir wellat Champions-League.

MAX

Du derfschen Aron au net überfordra.

ARON

Hör uff dien Bräutigam, Maidli. Ziit für a Päusle.

LISA

Do´ isch Heu g´nug honta. Pausa sin´ was für Verlierer. Hals grad, Bruscht raus, Finga aus em Fiedla!

Aron kräht immer schneller.

LISA

Mach nore. Schnäller, schnäller. Mir hen koi Zeit zom verplempre. Ons pressierts. Oms nomgucke isch Märti.

Aron kräht und japst. Darüber seine Stimme.

ARON

Mi Lisa. A Schnöre wie ä Räf.

LISA

Hot ´er wos g´sagt?

ARON *(heftig)*

Ja, fix Dunnewetter! Er hot!

8.

Wir hören die Geräusche einer Gastwirtschaft. Lachen von Männern, das Klopfen von Karten, ein Wirt, der Bier zapft. Aus einer Anlage klingt Akkordeonmusik: "Die Donauwellen". Darüber die Stimme von Bauer Langenbach.

LANGENBACH

Sigger! A Ronde.

Begeistertes Johlen. Wirt Sigger entfernt: "Au scho". Darüber Arons Stimme.

ARON

Was mir nit hen wissa könna: Während Lisa mi trietzt, braua sich scho dunkli, dunkli Wolken am Himmel zsamma. Drüba, im Schpunda nämlich, do saß d´ Großbauer Langenbach mit sienen Gallis: D´ lang Dunninger war dabie, d´ Lorenz aus d´ Bucha sowieso un´ natierlich d´ Schatullen-Toni, der nia fehlt, wenn's was zom Anzünda geit. Un an sällem Obend hen se sich a bös G'schicht uusdenkt.

In der Wirtschaft stimmen die oben genannten gerade ein Lied an.

LANGENBACH, LANGE DUNNINGER, LORENZ, SCHATULLEN-TONI (singen)

Gemma mo rüaber, gemma mo rüaber
gemma mo rüaber zum Schmidt seirer Frau
gemma mo rüaber, gemma mo rüaber,
gemma mo rüaber zum Schmidt.

Der Schmidt, der hat ein Töchterlein
des will jo so gerne verheiratet sein
gemma mo rüaber, gemma mo rüaber,
gemma mo rüaber zum Schmidt.

SCHATULLEN-TONI *(hinterhältig)*
D' Bauer Langenbach hot au a Töchterlein...

Lorenz und Toni lachen. Der Lange Dunninger macht erschrocken "Pscht!". Langenbach schreckt auf, hat es nur mit halbem Ohr gehört.

LANGENBACH
Was moansch, Toni?

Sie werden von Wirt Sigger unterbrochen, der das Bier bringt.

SIGGER
Gsondheit z'samma. Derfs au was zom ässa sei?

LANGENBACH
Mer brängsch Kamefeger mit Brägele.

LANGE DUNNINGER

Sälb für mi.

LORENZ

Für mi Krautwickel.

SCHATULLEN-TONI

I derf net. D´ Doktor sait, wenn i weiter so´ n Schleckhaf
bin, no platzt mo no d´ Wampa.

LORENZ

Säller Ranzaglotzer schwätzt au raus wie a Ma ohne Kopf.

LANGE DUNNINGER

Wer g´sond läba will, muaß au s´ Deckele vom Häfele lupfe.

SCHATULLEN-TONI

Mir isch au scho mauderig vom Faschda.

LANGENBACH

Säller Dokter g´hert mit Glasscherba klischtiert. Essa ond
Trenka hällt Leib und Seel z´samma.

SCHATULLEN-TONI

Wenn du des seisch, no will es glauba. Sigger, mir bringsch
a Schpeckvesper, aber schee fetta Bauchschpeck, koin so ´a
magre Badenzerworscht.

LANGE DUNNINGER

A propos Badenzer. Doin noier Gockel, der isch jo an rächta
Krakeeler.

LANGENBACH

D´ Aron?

LANGE DUNNINGER

Soit zwei Nächt hören äll naslang kräha. Un´ no was...

Er macht eine bedeutsame Pause.

LANGENBACH

...mach scho ´s Muul uff...

LANGE DUNNINGER

...mei Schlofzämmer g´hot jo hindersche fürsche, grad visavi
zu deirer Lisa. Ond do han ich halt gsäa – i hon ja gar nit
gucka wella, abr i hab´s trotzdem gsäa!

LANGENBACH *(ahnt Böses)*

Mei Lisa!

LANGE DUNNINGER

Dei Lisa!

TONI und LORENZ

Sei Lisa!

LANGENBACH

Un´ säller schliache Siach.

LANGE DUNNINGER

D´ Max.

TONI und LORENZ

D´ Underunderhausknecht.

LANGENBACH

Die den under moine Glotzböbel...

LANGE DUNNINGER

Die den under doine Glotzböbel...

TONI und LORENZ

Die den under soine Glotzböbel...

LANGENBACH

Sich hälinga scheene Auga mache.

LANGE DUNNINGER

Ananander naschneckla!

TONI und LORENZ

Ummedumme mopsa wia d´ Karnickl.

Langenbachs Bierkrug landet krachend auf dem Tisch.

LANGENBACH

Den Max bringe um!

Er springt auf. Wir hören, wie die anderen ihn zurückhalten.

LORENZ

Noi, edda! Bleib do. I hau a bessre Idee.

SCHATULLEN-TONI

Wenn dir d´ Bock uff de Biehna kälbert, muschem a Leiterle baua.

LANGENBACH

Kasch des au uff Deitsch saga?

LORENZ

Er moint, du muasch lischdig sei.

SCHATULLEN-TONI

Drei Fliage mit oira Batsch.

LORENZ

Dau kriagsch d´ Max vom Hof, d´ Lisa under d´ Fuchtel, un´
d´ Gockelwettbewerb zua Märti g´winnsch au no.

LANGENBACH

Mir isch hondsliadrig. Un i weiß net, von was ihr schwätzet.

SCHATULLEN-TONI

Isch ganz oifach. Wenn ´d Max zu d´r kommt und di mit ´m
Aron rausfordert zum Hahnwettkräha, was sag´sch ´m dann?

LANGENBACH *(heftig)*
Dir Fetazberger hau i an Gosch!

LORENZ

Ebba nät! Du seisch zu am:

SCHATULLEN-TONI *(schmeichlerisch)*

Max, mei Guata. Mir zwoi beide, mir machet a Gschäftle.
Wenn d´ Aron g´winnt ... dann wird d´ Lisa dei Weib und
i zieh mi aufs Allmending z´rück...

LANGENBACH *(erschrocken)*
...bisch narrisch?...

SCHATULLEN-TONI

...wenn du abr voliersch ... no muasch d´ Hof volasse und
derfsch nie mehr wieder zruck komma.

Es herrscht atemloses Schweigen.

LANGENBACH

Ond ... ond ... wenn d´ Aron d´ Rocky d´ Heggabusch
nabatscht? Wenn er mee kräht?

Toni lacht listig.

SCHATULLEN-TONI
Des tuat er abr nit.

LORENZ
Weil er nimme kräha ka.

SCHATULLEN-TONI
Weil er nämlich d´ Scheißerei hot.

LORENZ *(lacht)*
Wo koi Beta hilft muaß Mischt na.

SCHATULLEN-TONI *(ebenfalls lachend)*
Oder oineweg ... Rhizinus-Öl!

LORENZ *(lacht noch mehr)*
Des Kräha g´hot dann hindanaus.

SCHATULLEN-TONI *(kriegt sich kaum noch ein)*
Sällem Aron wirds ... Fiadle schwätza!

Nun brüllen alle vor Lachen. Langenbach haut auf den Tisch, dass die Gläser tanzen.

LANGENBACH
Des g´fellt mo. Do wird d´ Max lang was dra z´ kaua han, säller Rossmuckel.

Sie lachen.

LANGENBACH
Ond wia demmer des nabiaga?

SCHATULLEN-TONI
Ganz oifach. Pass uff...

Seine Stimme wird zum verschwörerischen Flüstern.

SCHATULLEN-TONI

Morgen friah, wenn no älle ratza, den´ d´ lang Donninger
ond i...

*Nun hören wir nur noch unverständliches Flüstern. Darüber
das Lachen und zustimmende Brummen von Langenbach.*

LANGENBACH

I bin scho ganz ausem Heisle! Wenne am Max sein´ bleda
Meckel denk, wenn soin Rupfer hänta naus kräht schtatt
vorna naus - des wird ´em dr Siedich naus treiba. *(laut)*
Sigger! No a Ronde. Heit keit me nix!

*Lachen und beistimmendes Johlen in der Gaststube. Wirt
Sigger entfernt: "Au scho".*

9.

*Es ist sehr früher Morgen. Alles schläft. Leises Rauschen
von Bäumen und Gebüsch. Irgendwo ruft ein Kauz. Von
weit entfernt bellt ein Hund, ein anderer antwortet. Ein
Auto fährt heran, hält, der Motor erstirbt. Eine Tür knallt
zu. Schritte nähern sich. Dann ein scharfer Pfiff. Noch
einer.*

SCHATULLEN-TONI *(gepresst)*
Donninger. Lang Donninger!
(zu sich).
Jo schloft säller Kuttabrunzer no?

*Wir hören, wie er kleine Steine ans Fenster wirft. Dann
einen größeren: Plötzlich zersplittert Glas.*

SCHATULLEN-TONI

Herrgott-margot! Au des no.

LANGE DUNNINGER *(schreit)*

Welcher Heilandzack hot mir...?

SCHATULLEN-TONI

Pst! Psst! I bins!

LANGE DUNNIGER

Was will ´schen dau mitta in d´ Nacht? Ach, du Blechoimer,
i hon ja ganz vergessa ... glei komm i naabe...

*Der Toni schlottert vor sich hin, dann geht eine Tür auf,
der Dunninger kommt heraus.*

SCHATULLEN-TONI *(flüsternd)*

Schlofkapp. Wo isch d´ Schtall?

LANGE DUNNINGER *(flüsternd)*

Grad ums Eck rum. *(Sie gehen los. Unter ihren Stiefeln
knirschen Steine)* Hosch säll Säftle?

SCHATULLEN-TONI

Willschs probiera? Des putzt dos Fiadla durch...

LANGE DUNNINGER

Mei Alte seelig hot mir säll älleweg ins Bier gampet. Damit
´e se in Ruah lass.

SCHATULLEN-TONI

Säller alt Hausdeifel.

LANGE DUNNINGER

Ah, sä war scho rächt. A wenig oiga halt. *(Sie bleiben
stehen)* Do sämmer. Wenn sälle Henna an Radau anfanga,

sämmer glieafert.

SCHATULLEN-TONI

Nit um dia Zeit.

*Sie öffnen das Tor. Wir hören das uns bekannte Geräusch
der schlafenden Hennen. Das Tor wird geschlossen. Von
drinnen gedämpft die Stimme vom Toni.*

SCHATULLEN-TONI

Was für a Schpässle ... uäh! Älles voller Scheisse.

10.

*Wir hören die Geräusche eines Schellenmarktes: Ein
Kinderkarussel dreht sich, Boxautos fahren ineinander,
Kinder lachen und schreien. Eine Blasmusik spielt. Das
Bimmeln großer Kuhglocken. Irgendwo ist ein Schützen-
stand. Auch das Schlagen und die Klingel eines Hau-den-
Lukas ist hörbar.*

MAX

Lisa. I verbobber schiergar vor Uffregung.

LISA

I au. Wo hosch ´n d´ Aron?

MAX

I hab dengt, do bringschen?

LISA *(fassungslos)*

Maxle! ´S Falla isch koi Konst, aber ´s Uffstau.

(entschlossen) I hol d´ Aron, dau schwätzsch mit d´m
Vadder.

MAX
Was sollem au sage?

LISA
Max!!!

*Und schon hören wir die Stimme vom Schatullen-Toni,
etwas metallisch verzerrt durch ein Megaphon.*

SCHATULLEN-TONI *(übers Megaphon)*
Meine Damen und Herren, es isch wieder so weit! Zum
43. Mal beim Wurmberger Sommerfest – des vellig zu
unrecht s´ Schwäbisch Sibirien g´nennt wird: 4 Grad zeigt
d´ Thermometer, un´ säll weng Nieselrega haut uns nit aus
d´ Latscha, gell – Herrgott, wo ware jetz? Genau, also zum
43. Mal heit zom Märti-Markt, s´ grosse Hähnwettkräha, und
wia immer isch d´ Rocky vom Großbauer Langenbach
d´ heiße Favorit. Praktisch d´ Ferrari unter de Hähn, gell?
Hot au scho vier mol hintranander d´ erscht Preis ei-
gschoppt. S´ letscht mol mit sage-und-schreibe 99 Kräher
in 15 Minuta. Applaus für d´ Rocky.

*Die Blaskapelle spielt einen missglückten Tusch. Wir hören
Beifall.*

SCHATULLEN-TONI *(übers Megaphon)*
Aber dies Johr geits ´n Herausforderer: D´ Aron, an rächte
Fledrawisch mit gälbe Füaß, oiner, von dem mer sich sait, er
dät mer rumpfluadra wia kräha. Ins Renna schickten d´ Max,
am Großbauer sein Underunderhausknecht. Und der Max hot
jetz wahrscheinz a Bollag´füahl, mit d´ Großa in oim Renna,
aber schreib dir des hinter d´ Ohra: Kloine Häfele laufet
schneller über.

LANGE DUNNINGER

Der macht sei Sach nit schlecht.

LANGENBACH

Hot er bei seirer Schlarre g´lernt, s´ Anka nei schlaga.

LANGE DUNNINGER

Langenbach – dau kriagsch au B´such.

Max kommt heran.

MAX

Griaß God au, Großbauer.

*Langenbach knurrt etwas, was nicht "Guter Tag, mein
Lieber" heißt.*

MAX *(sich überwindend)*

Großbauer ... älleweg ... also ... hano ... dia Sach isch dia:
I forder di raus! D´ Aron an meirar Schtell gega d´ Rocky an
deira Schtell. Was sagst dau dozua?

LANGENBACH *(heftig)*

Dir Fetazberger hau i an d´...

Er besinnt sich.

LANGENBACH *(schmeichlerisch)*

Max, mei Guata. Mir zwoi beide, mir machet a Gschäftle.
Wenn d´ Aron g´winnt ... dann wird d´ Lisa dei Weib und
i zieh mi aufs Allmending zruck. Wenn du abr voliersch ...
no muasch d´ Hof volasse und derfsch nie mehr wieder
komma. Schlagsch ei?

*Aus der Ferne hören wir das entsetzte Rufen von Lisa.
Sie rennt keuchend heran. In der Umgebung hören wir*

Leute lachen. Rufe wie "Gucket eich den Flädrawisch a"
erklingen.

LISA
Max! Net!

MAX
Do schlag i ei.

Max schlägt in die Hand ein.

LANGENBACH
No gilt´s!

LISA *(außer Atem)*
Vadder! Dia Sauerei isch doch uff deira Mischde gwachsa.

MAX
Was isch ´n los?

LISA
Guck der mol d´ Aron a´.

Wir hören ein jämmerliches Krächzen, einen lauten Furz,
und dann viel Gelächter von allen Seiten und "denn au
sällen Schtinker weg"-Rufe.

LISA *(aufgebracht)*
Lachet doch net so katzadreckig!

SCHATULLEN-TONI *(übers Megaphon)*
Alle Hähne an den Schtart. Möge d´ Bessere gewinna! Droi,
zwoi, oins – los!

Wir hören das Krähen von einem Dutzend Hähnen. Einer
von ihnen ragt heraus – natürlich Rocky. Er kräht wie eine
Maschine, schnell und regelmäßig. Die Zuschauer brüllen
vor Begeisterung. Der LORENZ ruft "An Fuffzger uff

d´ Rocky, wer hält mit?" und andere BAUERN: "I schteig
ei!" und "Hond verkaufa, sälber bella – hondert für mi!"

LISA *(gedämpft)*
Jetz isch älles aus.

MAX *(leise)*
Net d´ Kopf hänga lasse, Schätzle - ´s gibt immer a Lösung.

LISA
Abr was kenna mo jetz no dau? S´ isch doch älles d´ Letta-
bosch na.

Aron furzt.

ARON *(stöhnend)*
Bring mi an Schtart, Maidli.

LISA und MAX
Aron! Der schwätzt!

ARON
Schwach bin i wies Zäserli, alá gonz schlächt. Aber mir
Badener sin gega d´ Preussa zoga, mir ziehat au gega
Schnuderlumpe wia d´ Rocky.

Sagt´s und furzt. Max handelt: Packt ihn und bringt ihn
zum Wettkampf. Schatullen-Toni kommentiert es.

SCHATULLEN-TONI *(übers Megaphon)*
Kurz vor Schluss vom Wettkampf nomal a handfeschde Über-
raschung: D´ Underunderhausknecht Max mit seim badischa
Trockafurzer greift a. Do will mo glatt saga, wia d´ Herr so´s
Gscherr.

Die Zuschauer lachen. Rufen unflätiges Zeugs wie "Kräha

nicht forza" und "Wisch d´ au s´ Fiedla, dua Gelbfüäßler".
Arons erste Kräher sind noch sehr kläglich. Doch dann
steigert er sich. Unter den Anfeuerungsrufen von Lisa und
Max wächst er über sich hinaus. Plötzlich wird das Geschrei
der Zuschauer immer leiser. Aron kräht Staccato,
schwindelerregend schnell.

SCHATULLEN-TONI *(über Megaphon)*
No droi Minuta. Zwischenstand: Rocky 80 Kräher. Aron: 20
Kräher. 21, 22, 23 *(sehr schnell)* 24, 25, 26, 27 *(erstaunt)*
Des giabts jo gar net.

Aus den Zuschauern ruft einer "Zweihundert uff d´ Aron".
Begeistertes Johlen, andere Rufen "I gong mit". Nun hören
wir erste "Aron!"-Schreie von den Zuschauern, andere
jubeln für Rocky. SCHATULLEN-TONI gibt den Zwischen-
stand durch: "No zwoi Minuta. Rocky 88, Aron 53".

LISA
Aron! Schnäller!

MAX
Du schaffs des!

SCHATULLEN-TONI *(über Megaphon)*
No oi Minut. Rocky 91, Aron 86.

LANGENBACH *(gepresst)*
Wie ka des passiera? Wenn der g´winnt...

LANGE DUNNINGER *(nervös)*
Koi Ahnung. An halbe Liter hemmer dem Gockel
´d Gurgel na!

LANGENBACH
... dann gnad eich Gott!

SCHATULLEN-TONI *(über Megaphon)*
No dreißg Sekunda.

Arons Kräher kommen gestochen scharf, einer nach dem
anderen. Von Rocky ist nichts mehr zu hören.
SCHATULLEN-TONI zählt rückwärts von zehn herab. Die
Aron-Fans schreien "89, 90, 91 ... auf geht´s ... 92, 93,
94, 95, 96, 97, 98, 99" und die Rocky-Fans viel langsamer
"96 ... 97 ... Rocky, Gaaaas! ... 98 ... 99". Rocky liegt
aber noch immer eines vor Aron.

MAX *(jubelnd)*
Hundert! Neuer Rekord!

SCHATULLEN-TONI *(über Megaphon)*
Eins, aus!

LISA
Gewonnen!

LANGENBACH
I hau dir an ´d Gosch!

Wir hören den Langen Dunninger jammern, Schatullen-Toni
gibt den Endstand durch: "Rocky 99 Kräher. Aron 100
Kräher!" Lisa und Max jubeln, das Volk tobt. Die Blas-
musik intoniert "Eye of the Tiger". Dann fadet der Lärm
nach und nach aus. Schließlich hören wir die Stimme von
Aron.

ARON *(wieder ganz der Alte)*
Alá – guut. So a wengle Rizinusöl bringt mi nit aus
d´ Fassung. Hättet se mir ´n Schwäbische Trollinger i´gflößt,
dann viellicht ... aber so wars ´n Schpaziergang
für ´n badisch Gockeler wie mi. I verbuch min Sieg under
der Kategorie Entwicklungshilfe, alá – guut. Ma derf halt
nie aufgäba, Herrschaften, ´s gibt immer a Lösung. Un so

isch au älles komma, wies hot komma missa: D´ Lisa und
d´ Max hen kirotat un uus d´ Legebattrie ´a Paradies für
glückliche Henna g´macht. Der alt Huusrumpel isch uffs
Allmeding zoga und hät no oi Johr bruddelt – bis ´n d´ Max
zum Ehrepräsident vom Hähnekrähverein kürt hot. Do hot
er sich mit ´m versöhnt. Un´ i? Zrück nach Baden wollt i
z´erschd. *(singt)* Viktoria, Viktoria, wir ziehn jetzt nach
Baden da *(spricht)* Abr i konnt s´ junge Paar jo nit im
Schtich lassa – und außerdem hab i mi doch no mit ´m
Rocky ang´freundet. Gell, du älter Sauschwob?

ROCKY

Hör uff mit babbla, Gelbfüaßler. Lass uns oins singa.

ARON

Genau. Mir singet jetz z´amma. Mir sins ´erschte badisch-
schwäbische Hähne-Duo.

ROCKY

Schwäbisch-badische Hähne-Duo!

ARON

Von mir aus. D´ Klügere gibt nach. Und eins, zwei, drei:

ARON und ROCKY

Uff em Rase graset Hase
und im Wasser gambet Fisch
liaber wille gar koin Schätzle als ´n so ´n Fedrawisch
liaber wille gar koin Schätzle als ´n so ´n Fedrawisch

Das Lied endet. Stille. Dann leise, wie von weit weg:

ARON

Säll will i doch no wissa: Was heißt ´n ´igentlich
Fedrawisch?

ROCKY

Des isch n´ badischa Strupfer wia dau.

Ihre Stimmen werden leiser, während sie sich lachend beschimpfen.

ARON

Du schwäbischer Stubeglünki.

ROCKY

Mädlesschmecker!

ARON

Bluetsuger!

Wir hören sie noch leise lachen, dann nichts mehr.

ENDE

Hab´nur meine Pflicht getan, sag´ich.
Das issn guter Satz. Der paßt immer.

Eine Geschichte voller Tragikomik, erzählt in einer urgewaltigen Sprache. Radikal, lustig - und ziemlich selten in Deutschland.

Barbara Stoll, Schauspielerin

Atemlos, gesalzen, gepfeffert.
Und dabei sehr amüsant.

Stuttgarter Zeitung

"Warum müssen die sich ausgerechnet mich zur finalen Weltrettungsaktion auskucken? "Wenn einer wie du zu retten ist, ist auch die Welt zu retten. Wenn nicht, blasen wir´s Experiment Mensch endgültig ab", sagt der Tschises. Meine Fresse! Wenn dir einer das verkündet, stehst du doch mit dem blanken Arsch an der Wand. Hab ja auch keinen Schimmer, was dem Alten Herrn da oben nicht passt. Wie ich mir aber ein Bild von der Lage der Nation mache – mein lieber Herr Gesangsverein: Ganz unrecht hat der Tschises nicht. Und jetzt liegt´s allein an mir, wie die Sache für uns ausgeht. Scheiße, Mann! Sowas kann einem den ganzen Tag versauen."

Daniel Oliver Bachmann
Judas 2000
Roman
Edition Salz & Pfeffer, Stuttgart
178 Seiten. EUR 14,95
Zu bestellen im Buchhandel unter ISBN 3-8311-0817-X
oder im Internet unter www.libri.de